拾珍译丛

三个女人

〔奥〕罗伯特·穆齐尔 著
张荣昌 译

Drei Frauen

Robert Musil

漓江出版社

图书在版编目(CIP)数据

三个女人 / (奥) 罗伯特·穆齐尔著；张荣昌译. —桂林：漓江出版社，2019.2
(拾珍译丛)
ISBN 978-7-5407-8589-5

Ⅰ.①三…　Ⅱ.①罗…②张…　Ⅲ.①短篇小说-小说集-奥地利-现代　Ⅳ.①I521.45

中国版本图书馆CIP数据核字（2018）第292004号

三个女人
SAN GE NÜREN

[奥] 罗伯特·穆齐尔　著
张荣昌　译

出 版 人：刘迪才
出 品 人：符红霞
策划编辑：陆　源
责任编辑：陆　源
助理编辑：林培秋　孙静静
装帧设计：周伟伟
责任监印：周　萍　黄菲菲

出版发行：漓江出版社有限公司
社　　址：广西桂林市南环路22号
邮　　编：541002
发行电话：0773-2583322　　010-85893190
传　　真：0773-2582200　　010-85890870-814
邮购热线：0773-2583322
电子信箱：ljcbs@163.com
网　　址：http://www.lijiangbook.com

印　　制：香河县闻泰印刷包装有限公司
开　　本：880×1230　1/32
印　　张：3.75　　字　　数：70千字
版　　次：2019年2月第1版　　印　　次：2019年2月第1次印刷
书　　号：ISBN 978-7-5407-8589-5　　定　　价：30.00元

目录

格丽吉娅

人生之年，有时候生命明显放缓了脚步，仿佛它踟蹰不前，或想改变方向。一个人这时候更容易遭遇灾难。

霍莫的小儿子久病不愈，拖了一年，病情既无好转也未见恶化，医生要求他去疗养地长期疗养。霍莫却怎么也下不了决心陪同前往，他觉得那样一来仿佛他就得和他自己，和他的书籍、计划还有生活分开太久。他感到自己的抵触自私透顶，但这或许是种自我解脱，因为在此之前，他从未离开过自己的妻子哪怕一天；他深爱过她，现在仍还深爱着她，但这种爱已经由于孩子而变得可拆分了，像一块石头，水渗入这石头，持续不断地拆分它。他对这一新的可拆分特性很是惊讶，因为以往他是不会知情而自愿让自己的爱有一些减损的。而花在启程筹备的时间虽然长久，却始终也没让他想到，自己将如何孤零零地度过即将到来的夏天。他只是无比厌恶温泉浴场和山地疗养地。他独自留在家里，第二天收到一封信，邀请他入股一家准备重新开采弗森那塔尔峡谷威尼斯旧金矿的公司。信是一个名叫莫扎特·阿马迪奥·霍芬戈特的人寄来的，几年前霍莫在一次旅途中与他相识，并在不多的几天里与他结为朋友。

尽管如此，他心中却没产生丝毫疑虑，始终认为这是一件严肃、可靠的事。他拍出两封电报：第一封告诉妻子他已经启程，居留地址以后告诉她；第二封电报里他接受邀请，以地质学家的身份入股开采工程，也许还会做较大投资。

P 城，这是一座种植桑树和葡萄、闭锁而富有的意大利小城市。他与霍芬戈特在此地相会，此人魁梧英俊、皮肤黝黑，与他同龄，总是忙忙碌碌。他获知，公司拥有强大的美国资本做后盾，业务规模将会很大。暂由他俩和另外三个合伙人组成先遣队，进驻峡谷做前期准备工作——购置马匹、等候器材并招募工人。

霍莫自己也说不清他究竟为什么不住旅店，而是住进了霍芬戈特的一位意大利熟人家里。那里有三样东西引起了他的注意：无比凉爽柔软的、漂亮的红木树皮制作的床；一层糊墙纸，画着一种极其紊乱、难看，但根本画不完而且陌生异样的图案；还有一把芦苇做的摇椅。如果有人在这把摇椅里边摇晃边观看糊墙纸，那么整个人就会变成一团乱蓬蓬上下翻舞的藤蔓卷须，它们在两秒钟内鼓胀得满满登登，随后又退缩成原样。

时值五月中旬，街头的空气中弥漫着雪和南方的混合气息。晚上街道被大型弧光灯照亮，这些灯高高挂在横系的绳子上，致使灯下的街道宛如深蓝色峡谷，人们不得不在那幽暗的谷底行走，而上空一个个呲呲发着白光的太阳在转动。白天可以看到葡萄种植园和森林，它们已经在红色、黄色和绿色中度过了冬天。因为这些树木不落叶，所以枯萎和新生像在公墓花圈中那样杂乱地交织在一起，而红色、蓝色和玫瑰色小别墅则散落其间，清晰可见，恰似一些置放在不同位置上的骰子，向世人展示着一种不熟悉的、奇特的造型法则。那座山叫塞尔伏特山，高处的森林呈墨绿色，森林上方是高山牧场，有积雪覆盖着，像宽阔的、温和起伏的波浪越过一座座邻近的山峰，与两旁陡峭的小山谷一路相伴相随，——先遣队正是要进入这样的小山谷。山里的男人进城送奶、购买油煎玉米饼，有时会带来大块水晶石或紫晶石。据说这些晶石在许多裂缝中大量丛生，犹如草地上开满了鲜花，而一个无比美好的童话形象则越发加深了这样的印象：该地区在夜晚星辰那陌生而熟悉的光芒的照耀之下，隐藏着某些令人渴望的东西。他们骑马进入山谷，六点钟经过圣奥苏拉，这时在一座横跨灌木丛生的山沟的小桥附近，一群没有一百只肯定也有二十来只的夜莺鸣叫了起来——天光大亮了。

进入山谷，他们身处一个古怪的地方，它悬在一座小山的斜坡上。引导他们过来的这条山间小道的最后一段，简直是从一块扁平大石头跃向另一块，然后分岔成几条短而陡峭的小路，顺坡而下，并如小溪般逶迤淌进草地。站在路边，眼前所见的都是破败简陋的农屋，但若从山下的草地朝上望过来，你会以为自己回到了一个史前时代的木桩村落——朝向山谷那一面的房屋全都建在高高的大方木料上，而茅房则在离房屋不远处像轿子的轿座那样悬在斜坡上方的四根细高木杆上。杆子四周的景色也不无特色：一道略大于半圆形的巍峨群山屏障，其间夹杂着悬崖绝壁，群山陡峭地向一块低洼地落下，这洼地则环绕着一个竖立在中央的较小和长有树木的山峰。整个世界看上去像一个钝圆锥形空心蛋糕，在下面深处流淌的小溪将这块蛋糕切掉了一小块，顺谷而下的小溪对面山壁突兀，村庄就悬挂在这一侧。雪线下四处可见围谷，里面有矮松和几只溃散的狍子，中间的树林圆形顶端野鸡已在发情，阳面草地上一簇簇带有黄、蓝、白色斑点的鲜花绽放，星星大小，宛如人们撒下的一口袋塔勒[①]。若从村后再爬高一百步左右，你就会来到一个平坦的平台上，这平台不太宽阔，分布有农田、草地、干草棚和零星房屋。而小教堂则从一堵朝山谷凸出的围墙里看着外面的世界，在风和日丽的日子，这个世界远远处在山谷之前，有如大海在一个河流入海口之前；人们几乎无法分清，受到赐福的金黄色洼地终结于何处，而崔嵬的云端又起始于何处。

这是一种美好的生活，它在这里开始了。白天他们在山上，在侧塌的旧坑道入口和试开的新探井旁，或者在进出山谷的各条道路上，试图修筑一条宽阔的街道；处在一个巨大的空间中，这儿空间平缓，正酝酿即将到来的融雪。他们出手大方，大把花

---

① 塔勒，18 世纪德国尚在通用的银币。

钱；他们不问男女，一律雇用。他们将男人组成劳动队，派往山上，让他们连续数周待在那儿；他们将妇女组成搬运大队，让她们将工具备用件和给养从几乎无法行走的山间小道运上山。石头校舍变成了一个海外商站，货物在这里存放和装载；等候的女人叽叽喳喳，其中一个男人尖着嗓门儿在逐个点名，往偌大的空背篓里不断装货，一直装到膝盖弯曲、脖子上血管鼓胀。如果是给一个年轻漂亮的女人装货，目光就会盯在她身上，嘴唇久久合不拢。大家入列，一声令下，这些安静下来的动物便排成弯弯曲曲的长队，一个接着一个缓缓向山上挪步。她们背负着精美、稀罕的货物——面包、肉和葡萄酒，而对铁制器具就不那么细心了，这样在现金工资外还总能落下点儿过日子用的东西，因此她们乐意背它，并且还感激那些将这福祉送进山的男人。那是一种美妙的感觉。在这儿你不像在世界上其他地方那样受到审查，查你是怎样一个人——是否可靠、强大和令人敬畏，还是娇小、美丽——不管你是怎样一个人，不管你对人生百态有什么想法，你都会找到爱，因为你带来了福祉。爱像打前站者那样先行一步，它像一张洁净的客床那样到处准备好了，人们眼神中饱含着赠送迎宾礼物之意。女人们可能会自由流露出这种情意，但是有时候，当人们从一块草地旁边经过，可能会有一个老年农民站在那儿，像活生生的死神那样挥动着长柄大镰刀。

顺便说一下，住在这个山谷尽头的是些奇奇怪怪的人。他们的祖先是特里恩特[1]主教掌权时代从德国迁来当矿工的，他们今天还像风化的德国石头零星散布在意大利人之间。他们古老的生活方式半保留着半已忘却，而保留下来的东西大概连他们自己也不理解了。一条条山涧在春天冲走他们的土地，一所所房屋曾经在一个小丘上，如今却在深渊的边上了，对此他们也没什么办法，而新时代却从相反的途径把种种最肮脏的垃圾冲进房屋。有抛光的便宜柜子、风趣的明信片和印刷复制的油画，有时也有大概从马丁·路德时代就用来吃饭的一套餐具。他们是新教教徒，但尽管纯粹是这种对信仰的坚守才让他们抵御了罗曼国家化，他们也不是好基督徒。因为穷，几乎所有男人都在新婚不久后就离开他们的妻子前往美国混上几年；回来时，他们带回节省下来的少许钱财，带回逛城市妓院的习惯和不信神的头脑，却没带回文明的锐意进取精神。

霍莫一开始就听人讲了一个故事，这故事让他苦苦思索。不久以前，大约发生在最近十五年里吧，一个长期离家的农民从美国归来，又在房间里躺到他妻子身旁。他们快快乐乐地过了一段时光，因为他们又相聚在一起了，尽情享受美好的生活，直至花完最后的积蓄。许诺会从美国汇来的存款久候不到时，这位农民便动身——像这地区所有农民那样——外出打工以维持生计，而农妇则又料理起紧巴巴的家务来。可是他没再回来。而不多几天

---

① 特里恩特（Trient），意大利城市，1546—1563 年在此举行过宗教改革重要会议。

之后，这位美国归来的农民却到了一座远离这一家的农舍，向他的妻子一天不差地细数分别的日子，要求吃当初分别那一天吃过的饭；他还知道那头如今早已不在了的母牛的情况，并且和孩子们很合得来，这些孩子可不是他在此期间脑袋顶着过的这个老天爷，而是另一个老天爷赐予他的。这位农民过了一段舒适惬意的日子之后，再度卷铺盖走人，不再返回。这样的事在这一带还发生过第三次、第四次，后来人们才终于发觉这是一个骗子，他在那边和她们的男人们一块儿工作过，将诸事探听得一清二楚。他在什么地方被当局逮捕并关押了起来，没有哪个农妇再见过他。据说所有的农妇对此都感到惋惜，因为每个农妇都很乐意再跟他过上几天，并拿他与她们的记忆做一番比较，以便不必遭人嘲笑；每一个农妇都声称曾经很快察觉到有些事与记忆不太吻合，只是没有哪个农妇觉得那么有把握，所以就任由事态这样发展下去，不敢给来恢复其权利的这个男子制造麻烦。

这些女人就是这样的。褐色羊毛罩裙下露出她们的大腿，裙子上缀有红色、蓝色或橘黄色的手掌宽绲边，她们裹在头上及交叉着扎在胸前的布是廉价的薄印花平布，印着新工厂制作的图案，但是由于在颜色及其分布上的某种什么东西，这些布却总会让人有回到几个世纪前的远祖时代的感觉。这比一般农民服装古老得多，因为这只是一种眼神，迟到了，漫游过所有各个时代，阴沉而虚弱地来到了，但是每逢人们望着它时，依然还是感觉到这眼神清晰地停留在自己身上。她们穿着仿佛用一块木头凿刻成的独木舟那样的鞋，由于路难走，鞋底都有两块刀样的铁板，她们穿着蓝色和棕色袜子像日本女人那样脚踩着铁板行走。当她们必须等候时，不是坐到路边，而是坐到小路的平坦地面上，像黑人那样曲起膝盖。有时她们也骑驴上山，这时她们不是用裙子裹住两腿，而是像男人那样将没有感觉的大腿搁在驮鞍锋利的木头棱上，又不得体地将腿跷得老高，让整个上身轻轻晃荡。

但是她们也具有一种令人迷惘、无拘无束的友善和亲切的情意。“您请进”，她们会像公爵夫人那样正经地说；如果有人敲她们的家门，或者如果有人和她们站在户外闲谈，一个女人会突然极其礼貌而矜持地问：“我可不可以给您拿着大衣？”当霍莫博士有一回对一个可爱的十四岁女孩说：“到草堆里来吧。”——只是这么说说而已，因为他觉得这草堆对他来说再自然不过了，就像饲料对于牲口。这时呈尖形向外伸出的远祖头巾下的这张孩子脸并不惊恐，而只是发出鼻息声，眼里闪着明快的光，那双小鞋的底面从脚跟向上翻起，她几乎要肩扛着耙子一屁股坐下去。这整个儿岂不活脱脱就是对于男人的好色，可爱而笨拙地感到惊讶的一种表示吗？就像在喜歌剧里那样。另一回他问一位高个儿农妇——她看上去像戏剧中的德国寡妇：“你还是处女吗，你说？！”说着就抓住她的下巴——又仅仅如此而已，因为据说这种玩笑话有某种男人味。可这位农妇却任由他的手抓着下巴，一脸严肃地回答：“是呀，当然了。”霍莫闻言几乎目瞪口呆：“你还是处女？！”他很快惊异地笑了。她哧哧地一起笑了起来。“你说？！”

他进一步逼近，戏耍地摇摇她的下巴。她冲他脸上吹口气，笑着说：“曾经是！”

“如果我来找你，我能得到什么？”

“你要什么就得到什么。”

“我要的一切？”

“一切。”

“真的一切？！”

“一切！一切！！”这是一种十分出色且满怀激情地装出来的激情，这种在这海拔一千六百米高山上的假戏真做弄乱了他的心智。他再也摆脱不了这样的感觉：这种生活，这种比先前的任何一种生活都更明亮更刺激的生活，根本不再是真实，而是一种虚无缥缈的游戏。

此时已是夏天。当他第一次在一封刚到的信上看到他生病儿子的笔迹时，幸福和秘密占有的惊恐从头到脚流贯他的全身——他们现在知道他的居留地，他感到这就像一座巨大的防御工事。他在这里，噢，如今一切人们全都知道，他再也不必解释什么了。草地上一片片白色和紫罗兰色，绿色和棕色。他不是幽灵。翠绿色斜坡上是一片古老针叶林，淡绿色毛针叶毛茸茸的，简直就是一个童话世界。苔藓下可能存在紫罗兰色和白色的水晶。小溪曾经在林子中央从一块石头上流过，让这小溪看上去就像一把大的银压发梳。他不再回复妻子的来信。这个自然界有种种奥秘，其中之一就是所有事物都休戚相关。有一种柔和的、绯红色的花，别的男人的世界里没有这种花，只有他的世界里才有，这是上帝的安排，完全是一个奇迹。身体上有一个部位，它隐藏着，只要他不死，就谁也不可能看到它，只有一个人可以。此刻他觉得这无比美好，非同寻常，且不切实际，只有一种深刻丰富的宗教才会是这样子。这个夏天他把自己隔离起来，随波逐流，现在才认识到，自己做了什么。他在根须绿得发亮的树木之间跪下，伸开双臂，他这辈子还从未这样做过，他心里觉得，仿佛此刻有人将他的自我从他的臂弯里拿走了。他感觉他情人的手在他的手中，她的声音在他的耳中，他身体的各个部位好像刚刚才被触摸过，他觉得自己犹如一个被另一个身体塑成的模子。但是他已经使自己的生命失效了。他的心在情人面前变得谦恭了，像一个乞丐那样贫穷了，誓言和眼泪几乎从他心底涌出。尽管如此，他不会悔改，而说来也奇怪，他的情绪激动竟与一幅森林边上鲜花盛开的草地的画面联系在一起，渴望着未来但仍与这种感觉联系在一起，他将会躺在那儿，躺在风信子、勿忘我、兰花、龙胆和华丽的青灰色酸梅之间死去。他在苔藓旁边伸展开四肢。“怎么把你带过去？”霍莫问自己。他的身体感到特别疲倦，犹如一张僵硬的脸，正在被一丝微笑融解。他曾一直以为自己生活在现实之中，可是一些东西不比这更现实吗：一个人对于他来说，与其他人不大相同。在无数个身体中有一个身体，这个身体几乎跟他自己的身体一样，支撑着他的内心活动？这个身体的饥饿和疲倦，一听和一看，都与他有关联？当这孩子成长时，就像土地的秘密长进一棵小树那样，长进尘世的忧愁和惬意之中。他爱他的孩子，但当这孩子经历这些之后活下来时，却已经扼杀了现实世界之外的那个部分。一种新的确实无疑的情况突然使他内心无比激动。他不是一个热衷信仰的人，但此刻他的内心被照亮了。在他感情的强光中这些思想像阴暗的蜡烛，光亮却颇为微弱，那只是一个美妙的、青春洋溢的词儿：重新结合。他永远随身带着这些想法，而此刻，就在他沉醉于这一想法时，岁月使情人遭受的小小损伤已从她身上消失，这是永恒的第一个开端。每一种世俗观念，每一种嫌恶和不忠诚的可能性都在沉没，因为没有人会为了一刻钟的轻率而献出永恒，而他则第一次深信不疑地体验到爱情是一种神圣的圣礼。他认识到这是个人的天命，它已经把他引入这孤独之中，他感觉到脚下这片有黄金和宝石的土地根本不再是人世间的宝藏，而是像一个注定属于他的魔幻世界。

从这一天起他摆脱了一个束缚，有如摆脱了一个僵硬的膝盖或一个沉重的背包。摆脱了想活着的束缚，摆脱了对死亡的恐惧。他曾经一直以为会出现这样的情况：人们如果在身体强健时预见到自己的末日即将来临，就会疯狂地尽情享受生活；可这种情况没有发生在他身上，相反他感觉到自己仅仅是不再纠结，感觉自己充满一份美妙的轻快，这份轻松愉快的感觉使他成为自己生存的主宰。

虽然钻探工作无大的进展，但他们整天沉浸在一种淘金者的生活之中。一个小伙子偷喝了葡萄酒，这是侵害公共利益的犯罪行为，大家都同意对他实施惩罚，人们把他双手捆绑着押来了。莫扎特·阿马迪奥·霍芬戈特要将他绑在一棵树上示众一天一夜。但是当工头拿来绳子，寻开心地、狠狠地将他摇来晃去，并暂且吊到一颗钉子上时，小伙子浑身颤抖，满以为自己要被吊死了。每逢马队抵达，驮来补给品的或者拉下山来修养几天的马，就会出现同样的状况，实在难以说明是为什么。它们分组站立在草地上或躺下，似乎毫无规则可言，却又符合某种秘而不宣的审美法则，使人一看就想起塞尔伏特山下那些绿色、蓝色和淡红色的小房子。但是如果它们在高处，夜里每三匹或四匹一起拴在某个山谷中的一棵倒下的树上，当人们凌晨三点踏着月光出发并于四点半从这儿经过，那么它们就会朝人望去，你就会在这空寂的晨曦中觉得自己是一个很缓慢的思维过程中的一个念头。由于偷窃和某些治安事件时有发生，他们买下了四周所有的狗，用来看家护院。巡逻队成群成群地领着它们，两条或三条一组拿绳子牵头，没有颈圈。如此一来，工地上的狗一下子就与人一样多了，于是人们也许会思考，两个群体究竟哪个觉得自己是这块土地的主人，另一个只是被收留的常住客。其中有高贵的猎狗——威尼斯布拉肯猎狗，当地偶尔还有人养这种狗，还有像凶恶的小猴子一样好咬人的看家狗。它们分组站立，它们不知为何聚集到一起，紧密地团结在一起，但它们在每个群体里不时会狂暴地互相撕咬。有些饿得半死，有些拒不进食。一条小白狗在厨子把盛有肉和汤的碗给它递过去时，猛扑上去，咬断了厨子的一根手指头。——凌晨三点半，天已大亮，但还不见太阳。如果此时从马尔根山旁边走过，会看到牛群正半醒半睡地躺在草地上。它们形如暗白色的大石头曲腿躺着，躯体后部朝一侧耷拉着。它们既不看人从一旁走过，也不目送人离去，脸一动不动地对着它们所盼望的光亮，而以同样方式反刍着的嘴则似乎在祈祷。人们迈步穿越它们的圈子时，犹如在穿越一种朦胧、崇高的存在；而如果人们从山上回头望去，它们则看上去就像白晃晃撒落的无声高音谱号，脊椎、后腿和尾巴的线条构成了这些谱号。各式各样的事总在发生。譬如，一个人摔断了腿，两个人抱着他走过；或者突然有人喊“着火了”；还有，修路爆破一块大石头，众人四散奔跑，寻找躲避的场所；一阵雨掠过浇湿了草地。小溪对岸一处灌木丛中间着火了，由于新的事件人们已经忘了这场火灾，而这件事在那时曾是很重要的事。只有一棵幼小的白杨树还在火场旁作为唯一的旁观者。还有一头黑猪被绑在这棵白杨树上，单腿悬空。现在只剩下火场、白杨树和猪了。当一个人牵着它并对它说好话，哄它往前走，这头猪曾大声号叫。后来它看到另有两个男人兴高采烈地朝自己奔来，就叫得更响亮了。好可怜呀，男人们二话没说就抓住它的双耳拖曳。它用四条腿抵住，但耳朵痛不可支，只得一蹦一跳地朝前走。在桥的另一头有个人一把抓起斧子向它的脑门儿砍去。从此刻起一切事情都做得安安静静。两条前腿同时折断，当尖刀刺进这头小猪的咽喉，它才又叫了起来；这虽然是一声尖利、战栗的吼叫，但随即减弱为一种呼噜声，充满激情的呼噜声。这一切都是霍莫平生第一次见到。

天一黑，大家就聚集在教士的小宅院里，他们在这里租了一个房间作为娱乐场。诚然，一星期两次长途跋涉弄上来的肉常常有些腐败了，轻度食物中毒并不罕见。尽管如此，只要天一黑，大家还是提着小灯笼经由漆黑的山路跌跌撞撞朝这儿走来。因为忧伤和单调乏味之苦远甚于肉中毒素之痛，即使景色优美如画。他们以酒浇愁，一小时后这间教士房间就笼罩在一片愁云之中了。留声机的嘎嘎响声冲破这片愁绪，宛如一辆镀金铁皮小手推车驶过一块布满神奇星星的松软草地。他们不再交谈，只是各讲各的。他们，一位学者、一个工厂主、一名前流放地督察、一个矿山工程师、一位退休少校，在一起会有什么要说呢？他们用表示不愉快、相对愉快、渴望的手势——即使这可能也是言语——来说话，他们在说一种动物语言。他们常常激烈争执某个与谁都毫不相干的问题，甚至彼此侮辱，第二天表示要决斗的挑战书来回递送。随后的事实表明，根本没人到场。他们这样做，仅仅是因为穷极无聊，不知怎样打发时间，而即使他们之中谁也不曾真正生活过，也仍然觉得自己粗鲁得像屠夫，彼此不共戴天。

这是到处都一样的心灵的统一群体：欧罗巴。一种空闲无事，跟往常的有事可干一样不清不楚。想老婆、孩子、舒适安逸。这期间一再响起留声机的声音。罗莎，我们去洛茨，洛茨，洛茨……到我的爱情屋里来吧……幽灵假体上的药粉、纱布气味，一团远方杂耍演出和欧洲性生活的烟雾。不正经的俏皮话引得哄堂大笑，而且全都一再从这句话开始：从前有个犹太人坐着火车……只有一回有个人问：从地球到月球需用多少条老鼠尾巴？这时甚至出现了冷场，少校让人放《托斯卡》①，并在留声机换放唱片的空隙神情忧郁地说："我曾经一度想娶吉拉蒂娜·法拉尔②的。"随后她的声音就从喇叭口进入这个房间，进入一部上山吊椅，这令醉醺醺的男人们惊叹咂舌的女人声音，由上山吊椅载着飞速向高处驶去，没到达目的地，又降下，在空中弹动。大伙儿的衣服因晃动而一件件鼓起，这一上一下，这贴紧着停歇在一个声调上的片刻，这升升降降，这流泻，还有这总是被一阵新的战栗攫住，继而又倾泻而出：这是性欲快感。这是赤裸裸分摊给城市中众生万物的极大快乐，它不再能与杀人、嫉妒、生意、赛车加以区分——啊，这根本不是极大的快乐，这是冒险奇遇瘾——这不是冒险奇遇瘾，而是一把从天空落下的刀，一位死亡天使，是极大的疯狂，是战争！

从天花板上垂挂下来许多张长长的粘蝇纸中，有一只苍蝇掉了下来，中了毒仰卧在地上，躺在一个水洼的中央，煤油灯的亮光融入几乎觉察不出来的油布褶痕里的一个个水洼。这些水洼透着早春的忧伤，仿佛雨后已有一阵强风刮过。那只苍蝇越来越无力地挣扎了几下，想把身子翻过来，第二只苍蝇在桌布边上吃食，它不时跑过去，想看个究竟。霍莫也在一旁观看

① 《托斯卡》，意大利歌剧作曲家普契尼（1858—1924）创作的歌剧（1900）。
② 吉拉蒂娜·法拉尔（1882—1967），美国女高音演唱家。

那只苍蝇，因为苍蝇是这儿的一大灾害。但当死神降临时，濒死的苍蝇把它的六条小细腿尖尖地拢成一团并高高拱起，然后就在油布上苍白的光斑里死去了，有如躺在一个宁静的坟墓里——这坟墓公制卷尺量不出来，众人闻所未闻，但确实存在。有人正在讲："据说有一回有个人实实在在计算过，整个罗特席尔德[①]家族的全部财富不够支付一张去月球的三等车票。"霍莫低声自言自语："杀生，却感觉到上帝存在；感觉到上帝存在，却杀生？"说罢，他用食指将苍蝇正好弹到了坐在对面的少校的脸上，这又引发一场风波，直到次日晚上才平息。

那时他早已认识格丽吉娅，也许少校也认识她。她叫茉妮·玛丽娅·伦齐，这听上去像塞尔伏特、格隆莱特或玛尔佳·门达纳一样有紫晶石和鲜花的味道，拖长"格丽"，轻吐"吉娅"，这是按她养的一头母牛的名字叫的，她喊这头灰牛格丽吉娅。她身穿紫褐色裙子，头扎有斑点的头巾，坐在草地边上，荷兰鞋的尖头弯曲着向上翘起，双手交叉着放在彩色围裙上，看上去那么自然可爱，像一株修长的小毒菌，她时不时向在低处吃草的母牛发出指示。其实这些指示就"Geh ea"和"Geh aua"两个词儿，意思似乎是"这儿""上来"，因为母牛离得太远了。但是如果格丽吉娅的指挥不管事，随之而来的便是一声怒喝："见鬼，你去哪儿？"作为最后一招她自己会轰轰隆隆像一块小石头那样冲下

---

① 罗特席尔德（1743—1812），欧洲著名银行家。

草地，就近捡起一块木头向灰牛扔过去。由于灰牛格丽吉娅有一个特别的癖好，总爱一再顺着山谷越走越远，所以这一状况总是周而复始不断发生。这极可爱而又无意义，因此他就喊她本人格丽吉娅，以此戏弄她。他无法向自己掩饰，每逢他从远处走近这个这样坐着的女人时，他就心跳得厉害——一个人突然走进芬芳的枞树林或一片长着许多菌类的林地散发着的馥郁香味之中时，心便是这样跳动的。这一印象始终含有一些对自然界的畏惧，人们要清晰地认识到自然界一点儿也不自然——它是泥土味的，有棱角的，有毒的，并且在所有方面不通人情的，倘若人不强制它。大概这正是这农妇把他拴住的东西吧，另一点则是那永不疲倦的惊异，因为它跟一个女人何其相似。假如人们在林子中央看见一位贵妇人手里拿着茶杯坐着，你也会惊讶不已的。

“请进”，当他第一次敲她家的门时她也这样说了。她站在灶旁，火上搁着一只锅；她挪不开手，只是礼貌地指指厨房板凳，过一会儿才微笑着在围裙上擦干手，递给来访者。这是一只造型好看的手，丝绒般柔软和粗糙，就像极精细的砂纸或雨中的花园泥土。这张脸，她的这张脸，是一张略微带点儿嘲笑神色的脸，从侧面看，棱角分明、线条精美优雅。还有一张嘴，很吸引他的眼球。这张嘴呈弧形，犹如丘比特的弓，但是此外，它像在咽唾沫那样紧抿着，这就给它在种种细腻之处添上一抹坚定的粗野，并又赋予这粗野一丝欢乐，这与她的鞋极其般配，窈窕的身躯就像从野生植物的根部那样从这鞋子里长出来。——有一件什么事要商谈，当他们办完事离去时，脸上又浮现出那微笑，手也许比见面时在他的手里停留得更久一些。这些印象在城市里是无关紧要的，但在此处的一片荒凉寂寞中就是一阵阵震动了，简直如同一棵树想以一种无法用风或刚刚飞离的鸟儿加以解释的方式摇动自己的枝丫。

此后不久，他成了这农妇的情人；这一发生在他身上的变化颇令他耗费心神，因为毋庸置疑，这事不是经由他发生，而是直接发生在他身上。当他第二次来时，格丽吉娅立即坐到他身边的长凳上，而当他为了测试自己可以走多远而将手搁在她的膝间并对她说，你是这里最漂亮的女人时，她让他的手搁在自己的大腿上，仅仅是将自己的手放在他的手上，他们就这样一拍即合了。他为了表明心迹而吻她，随后她的双唇便吮吸起来，恰似嘴唇满足地松开一只酒杯，这酒杯的边沿却仍被双唇合围着。起初他甚至对这种粗俗的方式感到有点儿吃惊，并且在她挡开他的进一步动作时毫不生气；他不知道这是为什么，他对这里的习俗和危险压根儿就一窍不通，聊以自慰地急切等待着下一次。“干草堆旁边”，格丽吉娅说了；而当他已经站在门口说再见时，她一边对他微笑一边说“祝我们尽快再见面”。

还在回家路上，他就已对发生的事情感到无比兴奋，好像一份热的饮料喝下之后突然开始起作用了。想到一起进入干草棚——你开启一扇沉甸甸的木门，你把门关上，门在门轴里每转一度，幽暗就变深一度，直至你蹲坐在垂立的黑暗之中的褐色地面上——他就像想到一个孩子气的狡计那样乐不可支。他回想那些个热吻并感觉到她的吮吸，好像有人在给他的脑袋套上了一个魔环似的。他设想即将发生的事，并不由得又想到了农民的吃相。他们慢慢咀嚼，吧嗒吧嗒，品尝着每一口，他们跳舞也这样，一步一步的，大概做一切事情都这样不慌不忙；想到这些事，他激动得双腿僵直，仿佛鞋子已经插在地里生根了。女人们合上眼皮，露出一副十分拘谨的表情，一个防护面具，好让人不因好奇而来打扰她们；她们几乎一声呻吟也不发出，像装死的甲虫那样一动不动，把全部注意力集中在正发生在她们身上的事。事情就这样发生了：格丽吉娅用鞋底的边缘把一点儿残存的过冬的干草搂成一个小堆；并且，当她像一位整理长袜松紧带的贵夫人那样弯腰撩起裙边时，她最后一次微微笑了笑。

这一切完全跟那些马、牛和那头死猪一样简单，并且正巧一样让人着迷。每逢他们在梁后面，而这时外面石头路上笨重的鞋啪嗒啪嗒走近过来，从一旁经过并消失，他的心便总是怦怦跳到嗓子眼儿；但格丽吉娅似乎从第三声脚步声上就已经听出那人是不是要朝这儿走来。她会说有魔力的话。……[①]有一回他威胁不再来了，她笑道：“那我就去敲你的门！”他听了说不清自己是害怕还是高兴，而这一点她必定觉察到了，因为她问：“你后悔了

① 此处是几句“有魔力的话”，译者不明其意，只好从略。

吗？你很后悔吧？”这些话好像围裙和头巾的花样以及长袜上端的彩色镶边，是神秘的云游客人使之与现代相适应了。她满嘴这样的话，而每当他吻她时，他都不知道，他是否爱这个女人，抑或，是否会有一个奇迹向他显示，格丽吉娅则只是一个使命的一部分，一个永远继续把他和他的情人联系在一起的使命的一部分。有一回格丽吉娅直截了当地对他说：“你脑子里想着完全不一样的事情，我看得出来。”而当他找借口掩饰时，她只是说了句“ah，das is an extrige Sklip”。他问她，这是什么意思，可她不想把心里话说出来，他不得不独自琢磨了很久，才总算从她嘴里问出来点儿眉目，不难猜到，原来二百年前也有法国矿工在这里居住过，从前这也许是“对不起”的意思，但也可能是什么更奇特的怪话。

你可能强烈感受到或者没有感受到这一点。你可能有原则，那么这就只是一句脱口而出的文雅笑话，仅此而已。或者你没有原则，或者这些原则也许已经松动，就像霍莫旅行时的情况那样，可能会发生无主的东西受到陌生的生活现象支配这样的事。但这些陌生的生活现象没有赋予他一个经幸福锻炼得具备高远志气和坚强意志的新自我，它们只是栖息在他身体的气孔中的一个个无关联而美丽的地段。霍莫不知在什么事上感觉到自己将不久于人世，他只是还不知道，自己将会如何或何时死去。他的旧日生活已经变得虚弱无力；它变得像一只蝴蝶，越临近秋天就越虚弱。

有时他和格丽吉娅谈及此事，她询问的方式相当独特，毕恭毕敬像是打听什么交托给她的东西，而且完全没有一点儿私心。那些群山的后面有一些人，他爱这些人甚于爱她，他全心全意地爱他们，她似乎觉得这很正常。他感到这一爱情没有变弱，它变强、变新了；它没有变苍白，但它着色越深，就越失去实际上支配或阻碍他做什么事的能力。她出奇地没有精神上的负担，摆脱了人世间的事物，这种爱情只有曾经必须结束生命，如今可以等待自己的死亡来临的人才懂得；不管他先前多么健康，此时就像一名突然扔掉拐杖行走的瘸子，振奋之意流贯全身。

收获干草的日子到来时，这种情绪变得最为强烈。干草已收割并晒干，只是还得捆扎起来，搬运到山上的草地。霍莫站在最近的一块高地上观看，这块高地像一架秋千一推就抬高并远离了地面。那姑娘——完全独自一人在草地上，如天空的玻璃罩下一个有斑点的小布娃娃——想方设法扎成一个大捆。她跪进草堆，用两条胳臂将干草压向自己身边。趴着躺下，很性感地，压住草包并将手朝前沿着草包伸下去。完全侧身躺下，只用一条胳膊去够，尽量将胳膊伸长。用一个膝盖，用两个膝盖向上爬。霍莫觉得，这副模样有些像金龟子，像那种甲虫。她终于将自己的整个身躯塞到绳子缠绕住的干草捆下面，并扛着它缓缓直立起来。干草捆比背它的那个穿有花斑衣服、身材纤细的小女人大得多了——这不是格丽吉娅吧？

当霍莫沿着农妇们堆在山坡平坦梯级上一长排干草堆找她

时，她们正在休息。这时他几乎无法自持，因为她们躺在各自的干草堆上宛如佛罗伦萨美第奇教堂里米开朗基罗的雕像，一条胳臂支撑着头，身子犹如安卧在一股水流之中。她们和他讲话时，若不得不吐痰，会做得颇为艺术。她们用三个指头扯出一束干草，把痰吐进口子里并把干草塞进口子——这可能令人发笑，但如果你是他们之中的一员，像寻找格丽吉娅的霍莫那样，可能也会突然对这种粗鲁的敬意吃惊。不过格丽吉娅很少在场，而每逢他终于找到她时，她总是蹲在一块土豆地里，冲着他笑。他知道，她只穿了两条裙子，干的泥土，从她的细长、粗糙的指头间流出，触摸着她的身体。但是这一想象对他来说不再有任何不平常之处，他的内心已经奇异地使自己熟悉泥土如何触摸人体的这种感觉了，兴许他也根本不是在收获干草的季节、在这块地里遇见她的，日子全都过得这么乱七八糟。

干草棚内堆满了干草，银白色的光从梁间接缝处照进来。干草辐射出绿色的光。门下面有一条厚厚的金色缎带。

干草闻起来略带酸味，像用果实面团和人的口水做的黑人饮料。你只要想起自己在这里，生活在未开化的人当中，一种飘飘然的感觉就会在这窄小、高高装满正在发酵干草的炎热空间里油然而生。

干草能让人以各种姿势待在上面。站在其中让甘草没到小腿肚，站立虽不稳但同时又十分牢固。你躺在上面就像躺在上帝的手上，想象一条小狗或一头小猪那样在上帝之手上翻滚。你斜躺着，几乎垂直得像一个驾着一团绿云升向天空的圣者。

这是结婚和升天的日子。

可有一天格丽吉娅说“再也不行”，他无法让她讲明原因。嘴角的鲜明轮廓和两眼之间垂直的小皱纹，往常只有在力图回答下次在哪间堆干草堆的棚子里幽会时才会出现——这表明情况不妙，危险近在咫尺。他们已经遭人非议了吗？但也许有所察觉的女邻居们全都微笑不语，仿佛在对待一件人们乐意看到的事。从格丽吉娅嘴里没听出任何情况，她找借口，很难见到她了，她像一个疑心重的农民那样说话很谨慎。

有一次霍莫得了一个凶兆。他的绑腿松了，他站在一道篱笆边上重新裹紧它，这时一个从一旁经过的农妇客气地对他说：“让袜子在下面待着吧，反正天快要黑了。”这是在格丽吉娅家附近。当他把这件事讲给格丽吉娅听时，她脸上现出一副高傲的神态说：“人要说话，小溪要流淌，随它去吧。”她咽下一口唾沫，心里想着别的什么事了。这时，他突然想起一个奇怪的农妇，她的脑壳像一个阿斯泰克女人，老是坐在自己家的门口，一头略高过肩膀的黑发披散着，身边围着三个面颊饱满红润、身体健康的孩子。格丽吉娅和他每天毫不在意地从一旁走过，这是他唯一不认识的农妇，奇怪的是他从未打听过她，虽然他觉得她的相貌颇显眼；这几乎就像她的孩子们的健康活力和她那一副茫然的面容随时在互相抵消，不能给人留下什么印象。此刻，他突然断定，这种令人不安的状况就源自于此。他问，她是谁，但是格丽吉娅恶狠狠地耸耸肩，只是脱口说了句：“我不知道你在说什么！东拉西扯，满嘴胡言！”她边说边用手使劲一抹额头，仿佛她必须马上注销这个人的存在似的。

由于无法使格丽吉娅再进入村子四周的一个干草棚，霍莫便建议她和他一起上山。她不愿意，而当她最终让步时，她用一种让霍莫觉得模棱两可的语调说：“好吧，既然你必须离开。”这是一个风和日丽的早晨，它再次把一切揽入自己的怀抱，外面远处是云彩和人的大海。格丽吉娅小心翼翼避开所有房舍，而在空旷的田野上她则显得——往常她总是具有一种植根于她的爱情方略全部因素中的迷人的无忧无虑——对尖利的眼睛忧心忡忡。于是他不耐烦了，想起他们刚从一个旧坑道旁边经过，他自己的人没多久就将它弃之不用了。他催促她进去。当他最后一次转过身去时，看到一个山顶上有雪，积雪下面有一小块捆好麦子的农田在阳光下闪着金光，而两者的上方则是蓝白色的天空。格丽吉娅又说了一句像在暗示什么的话，她已经觉察到他的目光，充满深情地说：“我们不如让这蓝色漂漂亮亮地留在高空吧，也好保持这美好的景色。”可她这句话究竟是什么意思，他却忘了问，因为他们现在小心翼翼地摸索着进入一个越来越狭窄的黑暗空间之中。格丽吉娅走在前面，过了一会儿，坑道渐渐扩展成一个小房间时，他们站住并互相拥抱。他们脚下的地面给人以一种干燥的良好印象，他们躺下来，霍莫竟没觉得应该讲究一点儿文明划根火柴照一照地面。格丽吉娅又一次像柔软干爽的泥土流贯他全身，他又一次感觉到她在黑暗中因尽情享受而凝固和僵硬了。完事后他们并肩躺着，不想说话，朝远处那个小四方形洞口望去，洞口闪亮着白日的光芒。霍莫脑海里重现着他攀登来到此地的经过，他看到自己和格丽吉娅在村子后面相聚，然后攀登，转弯，再攀登，他看见她的蓝袜子直到膝下的橘黄色镶边，她脚蹬滑稽可笑的鞋摇摇晃晃走路的样子，他看见她在坑道前站住，看见那小块金色田地的景色，突然一下子他在洞口亮光中看到了她丈夫的身影。

他还从未想到过这个人，这个被征去干活儿的人。现在他看到了这张轮廓鲜明的偷猪者的脸以及那双猎人般狡黠的黑眼睛并且突然回想起了他唯一一次听到过他讲话——那是在爬进一个旧坑道之后，这样的事别人谁也没敢冒险做过，话是这么说的："你听着，你进得去，出来可就难啦。"霍莫迅速伸手抓枪，但是莱妮·玛丽娅·伦齐的丈夫于同一瞬间消失不见，而四周一片漆黑像一堵墙。他向洞口摸去，格丽吉娅拉住他的衣服。但是他很快就发现，滚过来堵住洞口的那块岩石很重，远非他的力量所能移动得了的；现在他也明白了，此人为什么留给了他这么多的时间，他自己就需要时间，做计划并搬来一根树干做杠杆。

格丽吉娅在岩石前跪下，她乞求，她狂叫——这令人厌恶而且枉费心机。她发誓她从来也没有做过什么对不起人的事并且永远也不会再做什么对不起人的事，她立刻像一头猪那样号叫，像一匹受惊的马那样毫无意义地撞那块岩石。霍莫最后终于感觉到，这完全是符合一个人的本性的，但是他，一个有教养的人，起初根本没能做任何事以消除自己的疑虑，他不相信真会发生什么不可挽回的事。他靠在墙上，听格丽吉娅说话，双手插在裤袋里。后来，他清楚地看到了自己的命运，他像在梦中一般感觉到这命运正在再次向自己降临，接连数天、数周和数月，恰似一场睡眠必须开始，这是一场很长的睡眠。他用胳臂轻轻搂住格丽吉娅并将她拽回来。他在她身旁躺下并等待着什么。要是在从前，他也许会想当然地以为，在这样的逃脱不了的监狱里，爱情必定会像被咬伤的伤口那样让人感到刻骨铭心的刺痛，但他根本就忘记去想格丽吉娅了。她已经脱离了他或者是他脱离了她，即使他还感觉得到她的肩膀；她的全部生命也已经远远脱离他了，远得恰好使他还知道它在这儿，但永远也不能将手放在上面。他们一连好几个小时一动不动，可能过了好几个日日夜夜，饥饿和干渴，像一段令人激动不安的路，他们越来越虚弱、轻飘和沉默寡言，他们在昏昏沉沉半睡半醒中仿佛看到远处的大海和小岛。有一回，他猛一惊，微微地醒了一醒，格丽吉娅走了；他分明感觉到，这必定是刚刚才发生的事。他微微一笑，关于出口她没对他吐露过一个字，想让他留下，以便向她丈夫证明……！他欠身坐起，向四下张望；于是他也发现了一束微弱、狭窄的亮光。他爬过去，进入坑道较深处——他们先前曾一直朝这另一面张望过的。于是他看到了一道窄缝，很可能是从侧面通向外面的。格丽吉娅肢体纤细，但他只要使使劲儿，应该也可以从这儿挤出去。

这是一条出路。然而此时此刻他兴许太虚弱，无力也无意返回生活中去了，或许已经晕过去了。

与此同时，由于人们认识到所有努力都是白费、所有劳作都是徒劳，莫扎特·阿马迪奥·霍芬戈特在山下发布了停工的命令。

葡萄牙女人

某些文献里他们叫 delle Catene[1]，另一些文献里又叫 Herren von Ketten[2]；他们来自北方，在临近南方的地方停了下来。他们按利益所需说自己是德意志人或威尔士人，并觉得自己不从属于任何人，只从属于自己。

在经过勃伦纳山口通往意大利的大路旁，在布利克森和特里昂特之间，他们的城堡就坐落在一道几乎悬空的、垂直的峭壁上。城堡下方五百码处，一条小河汹涌狂奔，声音之响亮，一旦你探头窗外，就听不见室内的教堂钟声。世界上没有什么响声能从外面进入克滕老爷的这座城堡，穿透这领狂野喧闹声织成的苇席，而顶住这喧闹的眼睛，却毫不困难地冲破这层阻力，饱览天穹下美丽的远景。

所有的封·克滕老爷均目光敏锐、殷勤周到。周围地区的任何有利可图的事他们都不会注意不到。他们凶狠如尖刀，会立刻

① 意大利语。

② 德语，封·克滕老爷。

深深刺进人的胸膛。他们从不气得脸通红或者高兴得脸色红润，而是愤怒时脸气得发紫，高兴时金光闪闪，十分美好，十分罕见。不管在岁月或世纪的流逝中他们是谁，据说他们也还有相同之处，那就是他们的棕色头发和胡须中早早长出的白丝，而且他们全都活不过六十岁；还有一个相同点，他们有时候显示出来的巨大力量似乎并不存在、发源于他们中等的个头儿、细长的身躯之中，而是来自他们的眼睛和额头，不过这只是受到惊吓的邻居和仆人们的背后议论。他们抢走能占为己有的一切，活儿干得或正派或残暴或狡诈，全视具体情况而定，但始终从容不迫，坚定不移。他们的短暂一生过得从容，结束得迅捷，当他们走完各自的人生时，体力也没衰退。

克滕家族有个习惯，他们不跟定居在附近的贵族家庭联姻；他们从远方接来自己的女人，富家女人，以便在选择结盟还是为敌时不受任何限制。十二年前娶了一位美丽的葡萄牙女人的封·克滕老爷，当时三十岁。婚礼在外地举行，而当随从以及仆人、马匹、女佣、驮畜和狗的队伍叮零当啷跨越克滕家族地带的边界时，这位年轻的妻子行将分娩，时间像延续一年之久的婚飞[①]那样消逝。因为所有克滕人都是善于对女子献殷勤的温文尔雅的人，只不过仅仅是在结婚娶妻的年头儿里才显示出这样的品质。他们的妻子漂亮，因为他们想要英俊的儿子，而不这样他们就不

① 婚飞，某些群体昆虫如蜜蜂、蚂蚁等的交配飞行。——译注

可能在外地赢得漂亮的女人的芳心，在外地他们不像在家里那样一言九鼎嘛。但是他们自己并不知道，他们是在这一年表现出了自己真实的一面呢，还是在其余年度里表现出来。一位信使迎面送来重要的消息：行进队伍五彩缤纷的服装和羽毛信号旗还像一只大蝴蝶，但封·克滕老爷已经变了。当他又赶上妻子，便在她身旁按辔徐行，仿佛不想承认事态紧急似的，但是他的脸已经陌生得像一片云层了。道路转弯，城堡突然出现在他们面前，只有一刻钟路程了，这时他做出努力打破沉默。

他要他的妻子掉头往回走。队伍停住。葡萄牙女人请求并坚持要他们继续前行，听过理由再掉头也来得及嘛。

特里昂特的主教们是有权有势的人物，最高法院替他们说话。自先祖时代以来，克滕人就一直因一块土地而与他们纷争不断，时而是打一场官司，时而是要求和反抗演变成为流血斗殴，但每一回都是封·克滕老爷们，是他们不得不屈从于占优势的对手。不放过任何利益的目光虎视眈眈，却总是徒劳无功。父亲将任务传承给儿子，他们的骄傲则世代相传，他们决不让步。

是这位封·克滕老爷，是他眼前一亮看到利益之所在了。他大吃一惊，几乎丢失了这个良机。一帮有权势的贵族起来反抗主教，已经决定要袭击并拘捕主教，他们听说克滕已经回来，于是就将他当作这场赌博的一张王牌。克滕长年在外，不了解主教的实力，但他知道，这将是一场长达数年之久的凶险考验，结果难以预料；他还知道，他将无法信赖任何人，只能自己苦战到最后，如果不能一开始就马上给予特里昂特致命一击。他怨恨美丽的妻子，因为她差点儿让他错失了这个机会。尽管他，略靠后一点儿与她并辔而行的他，一如往常地喜欢她；尽管她仍还像她拥有的众多珍珠项链那样令他感到神秘莫测，但只要用肌腱发达的空手将它们这样的东西使劲一捏，还是可以像豌豆那样捏碎的。他一边在她身旁骑行一边这样想着，可它们却如此令人费解，安然自在。只是这股魔力已经像冬日的梦魇被阳光灿烂的春日消除掉那样，被这则新消息消除了。戎马生涯在即，妻儿无暇顾及。

但是，这时候马队已到达城堡所在的那道绝壁的脚下，而葡萄牙女人仔细倾听过一切之后再次声言，她要留下。城堡向上升起，四周一片荒芜。岩石前部有些地方残留着一棵棵渐渐枯萎的小树，像一根根头发。山林跌宕起伏，人们简直没法儿给一个只知道大海波浪的人描写这种丑陋。空气中弥漫着冷却之后的麦芽汁的味道，而从种种迹象上看，仿佛人们正骑马进入一只大破罐之中，罐里盛有一种陌生的绿色颜料。但是林中有鹿、熊、野猪和狼，也许还有独角兽。密林深处栖息着北山羊和山雕。神秘莫测的峡谷里有龙出没。莽莽林海，只有野兽的足迹穿越，而上面，紧贴林海的山脉，则是鬼神的王国。恶魔携带暴风雨和云彩栖息在那里。从来也没有一个基督徒上去过，而什么时候有好事者非要冒险上去看个究竟，结果往往都是灾难性的。女佣们在冬日小室里传述着这些不幸事故，而男仆们则颇感得意地沉默不语并耸起肩膀，因为男人的生活是危险的，一个男人在山里就有可能撞到这样的惊险奇遇嘛。然而，葡萄牙女人所听到的事情中最让她觉得离奇的却是：就像还没有人到达过彩虹底部那样，据说也还从未有人能够越过层层高大石墙向外眺望过——那后面总是有新的高墙；其间分布着一个个洼地，宛如一块块布，布上缀满石头，一颗颗星星大得像一所房屋，而即便脚下最细小的碎石也不比脑袋小；这是一个其实不是世界的世界。她曾经常常在梦中想象生养她钟爱的男人的这方土地，按他特有的品性去想象，并按他给她谈的有关他家乡的情况想象这个男人的品性。厌倦了孔雀蓝的大海，她曾期盼过一方土地，一方像一张绷紧的弓弦那样充满着出乎意料事物的土地。但是当她看到这个秘密，她便觉得这个地方出乎意料地丑陋，想逃之夭夭。城堡像是由一个个鸡舍拼组而成。石头堆叠在岩石上。令人眩晕的墙壁，上面长着苔藓。腐烂的木头或粗糙且湿乎乎的树干。农具和兵器，一排排厩舍和一棵棵造车用的树木。但她既然到了这里，就是这里的人了，况且也许她看到的这些根本不丑陋，而是一种美，就像男人的习俗，人们得先适应这些习俗吧。

封·克滕老爷看到自己的妻子骑马上山，并不想阻拦她。他不感激她，这既不能克制他的意志，也不能让他屈服，而是躲躲闪闪地把他朝别的方向引诱，让他像一个可怜的、输了的人那样，笨拙地、沉默不语地跟在她后面顺从地骑行。

两天后他又坐在马鞍上。

十一年后他仍坐在马鞍上。对特里昂特的突然袭击，仓促上阵，失败了。战斗一开始，骑士部队就损失了三分之一以上的兵马，并丧失了不下一半的士气。封·克滕老爷在撤退途中负了伤，没有立刻回家。他在一户农舍里藏身两天，然后策马前往一座座城堡，鼓动大家起来抵抗。筹备工作和作战行动都实施得太晚了，失败后他总将这句话挂在嘴边。他告诉那些贵族老爷，假如他们不及早联合起来，那么一旦主教的军队反扑，等待他们的将会是什么。他催逼那些拖拖拉拉和吝啬小气的人，要他们出钱，他招兵买马，扩军备战并被选为贵族的步兵统领。起初他的伤口还一直流血，即使他不得不每天换两次绷带。他不知道，在他骑马四处游说、往往无暇顾及按时换绷带的时候，是否想到了迷人的葡萄牙女人势必会感到担惊受怕。

获悉他负伤后的第五天，他才来到她身边并只待了一天。她打量他，没问什么，用审视的目光，就像人们目送一支箭矢飞行，不问它是否将会中的。

他召来了他的全部人马，连最后一个能找得到的男孩也没放过，他让城堡进入防御状态，发号施令，指挥布防。这一天在男仆的喧嚷、马匹的嘶鸣、扛大方木料的号子、铁石撞击声中度过。夜晚他继续策马而行。他友善和亲切得宛如对待一个受人们敬仰的人儿，但是他的目光像是从一个头盔里笔直投向前方，虽然他没戴头盔。当离别到来时，葡萄牙女人突然被女性的柔情所充溢，请求至少现在可以清洗他的伤口并扎上新的绷带，但是他不让；他过于急促地辞行，辞行时笑了，她也笑了。

对方将这场战斗进行到底的手法是暴力的，他们尽可能这样做，这符合那个穿主教服的冷酷、高贵的人的做派。但是，犹如这件女人式的衣服可能给予教导那样，他也能伸能屈、诡计多端并且坚韧顽强。当职位和影响再也不足以笼络出力者时，财富和产业就在一级一级的、直至拖延至最后一刻的牺牲者的身上发挥其作用。这种斗争方式回避决断。反抗一激烈，它就蜷缩；一瞅准反抗松弛，就穷追猛打。所以发生了这样的事：有时候一个城堡受到攻击，若未能及时解围，便在血腥杀戮中陷落；但有时候大量军队接连几个星期驻扎在地方上，什么事也没发生，只是农民的一头母牛被抢走或者几只母鸡被刺杀而已。光阴荏苒，四季更迭，转眼已过去数年。两股力量互相殴斗，一股狂暴和好斗，但是太弱，另一股像一个懒散、柔软但残暴而沉重的身体，时间还会将自己的分量给予这个身体。

封·克滕老爷明白这个道理。他费了好大劲儿，阻止情绪恶劣和实力受到削弱的骑士们在一场贸然决定的攻击中全军覆没。他耐心等待着对方暴露弱点，等待着出现转机，只有偶然事件才可能促成几乎不可能发生的事情。他的父亲，还有他的祖父，都曾等待过。若是等久了，就会发生很少发生的事。他等了十一年。他骑马在贵族住地和战斗团队之间来回奔波十一年之久，以便使大家依然保持着反抗的意识；在上百次小战斗中总是一再获得大胆勇敢的声誉，以防自己受到打仗作战畏缩胆怯的指责；偶尔也让大的流血冲突发生，以煽动伙伴们的怒火，但他也和主教一样巧妙地避免做出重大决定。他多次受轻伤，然而他每次待在家里的时间从未超过两个十二小时。一条条伤痕和东奔西跑的生活使他身上布满痂皮。他怕在家待得更久，就像一个疲惫的人不可以立即坐下来那样。躁动不安的、套上了马笼头的马，男人的笑声，火炬光，一堆营火的圆柱，像闪着绿光的树木中间用细小金粒做的一根树干，雨水的气味，诅咒，吹牛说大话的骑士，嗅闻着受伤的人的狗，高高撩起的女人的裙子和担惊受怕的农民，凡此种种就是他在这些年里的消遣了。他在这其中依然保持着修长的身材和文雅的举止。他的棕色头发之中开始潜入白发，他的脸容不显老。他不得不回应粗鲁的玩笑话，这件事他做得像一个男子汉，但是这时候他的眼睛很少动一动。男人的纪律松弛时，他会像一个牛倌那样进行干预；但他从不大喊大叫，他讲话低沉而简短，士兵们怕他，他自己从不发怒，但是他放射出怒火，就会沉下脸来。打起仗来他奋不顾身，一马当先，奋勇杀敌，不知道在做什么，而总是做了正确的事。所以士兵们崇拜他，这样的传说开始形成：出于对主教的仇恨他已经卖身投靠魔鬼并正在偷偷拜访魔鬼，魔鬼化身为一个美丽的外国女人住在他的城堡里。

头一回听到这种说法，封·克滕老爷没有生气，他还笑呢，由于高兴而变得一脸深金黄色。每逢他坐在营火边或坐在门敞开着的一户农家里，而刚刚过去的这一天，像雨水浸硬的皮革又变软那样，在温暖中消融，每逢这种时候，他往往陷入沉思。他想到特里昂特的主教，这位主教躺在洁净的亚麻布上，学识渊博的神职人员环侍左右，有画家为此人效劳，而他却像一只狼围绕着此人转。他也能有这种东西的。他在城堡里聘用了一名特别神甫，主管精神方面的排遣；一名文书专职朗读；一个活泼有趣的侍女；从远处找来了一个厨师，用菜肴祛除乡愁；把游学的博士和学子截留下来，好从他们的谈话中获取几日的消遣；弄来昂贵的地毯和布料，用它们盖住墙壁；可他自己却远离这一切。他已经说了一年之久狂乱的话，在异乡和旅途中，游戏和恭维——因为正如每一样结构严谨的东西都有灵魂，不管是钢还是浓郁的葡萄酒，一匹马还是一个喷泉水柱，而他就是克滕人的灵魂。——其时他远在他乡，他真正的本性是某种人们向之骑行几个星期也取不到的东西。现在他有时也还说些欠考虑的话，但仅仅是在马匹在厩里歇息期间：他夜间回家，早晨骑马离去或者从早晨钟声敲响一直待在祷告开始之时。他为人们所熟悉，就像一个人们久已随身带着的物件。你笑，它也笑来笑去；你走，它也一起走；你的手触摸它，就感受到它；但如果你抬高它一下并看着它，它就把目光移开。假如他有一次停留得久了一些，就必定会恢复自己的本来面目。但他记得，自己从未说过，我是这样的人或者我想做那样的人，而是给她讲狩猎、冒险活动和他做的一些事情；她也一如年轻人惯常所做的那样，从未问过他，他对这件事和那件事怎么看，或谈论将来老了她想如何度过晚年，而是像一朵玫瑰开放那样默默敞开自己的胸怀。先前就曾是个活跃的人，这回她已经站在教堂外的台阶上整装待发，犹如已经登上了一块石头，人们从这块石头一跃上马，骑向那种生活。他几乎不认识她给他生的两个孩子，但是这两个儿子却已经强烈地热爱远方的父亲，他们的小耳朵自打能听懂话就灌满了父亲的光荣业绩。奇异古怪的是对那个夜晚的记忆，多亏了这个夜晚第二个儿子才得以出生。他来时，看到一件有深灰色花的柔软的浅灰色衣服，黑色辫子编成了夜晚的样式，美丽的鼻子深深扎入一本被照亮的有神秘图画的书那平坦的黄颜色之中。这就像是魔术。人影身穿她那件华丽衣服，还有那裙子，带着无数褶皱飘落下来，这人影安静地坐着，只从自身向外上升和坠入自身之中，像一道喷泉水柱。一道喷泉水柱能得到解救吗？除了通过魔术或奇迹，能从它担负着自身重量的、摇曳不定的存在中完全走出来吗？人家可能会拥抱这个女人并突然遭到一种神秘抗拒的打击吧，没有发生这样的事。但是温情不是更令人毛骨悚然吗？她打量已经悄悄走了进来的他，就像人们又认出了一件大衣，这件大衣人们曾穿过很久，也很久没见过了，这件大衣让人感到有些陌生，人们穿上了它。

而军事计谋、政治谎言、愤怒和杀戮却让他觉得亲切！行为之所以发生，是因为别的行为已经发生了：主教算他的金币账，军队统领算贵族的抵抗力账；发号施令是简单明了的事。这种生活明朗、清晰，一根长矛从挪动了的铁领子下面刺进，简单得就像人们用指头一指并说，就是这么回事。但另一种生活像月亮一样陌生。封·克滕老爷暗地里喜爱着这另一种生活。他不喜欢秩序、家庭和增长的财富。虽然他经年累月争夺他人的财产，却不希望得到利益带来的安康，而是从骨子里渴望外出。额头上凝聚着克滕人的力量，无声的行动完全产生自额头。早晨蹬上马鞍，他每次都感觉到没有屈服的快乐，他精神的核心；但是晚上从马上下来时，他往往因大量的经历而在心头泛起闷闷不乐、单调无味的心绪，仿佛他在一天之内用尽自己的全部力量，就是因为不做出最大努力就不具有某种他说不出来的美好特性。主教，这个伪善者，每逢克滕进逼，他都向上帝祈祷；克滕只能骑马越过正在开花的秧苗地，感觉到胯下难以驾驭的马的强烈颠簸，用踢马蹄施魔法变来亲切愉快的感觉。但是这种生活，使他感到舒适。你可以就这么活着并决定别人的生死。他凝视着火堆里悄悄靠近的东西，它在排斥，在驱除，既而离去，就像人们刚梦醒时木然发呆，坐起来又翻身睡去。封·克滕老爷一想到主教，想到自己对主教的所作所为，心绪就会如一团乱麻，他觉得，仿佛只有一个奇迹才能理出个头绪来。

只要不坐着翻阅图书和看图画，他的妻子就带主管城堡事务的老仆人一起漫步穿过树林。树林敞开胸怀，可是它的心灵却悄然退缩。她穿越树丛，翻越石头，看到野兽足迹和动物，但她没带回家什么东西，只带回这些小小的惊吓、克服了的困难和满足了的好奇心，她将它们一带出树林，它们便失去了全部的情趣，此外带回的就只有那个绿色的影像——她来到此地之前就已经听人讲述过的那个影像，人们一停止进逼，它就在背后又合拢。她管理城堡虽懒散却还算井然有序。她的儿子们，没一个见过大海。这是她的孩子吗？她有时觉得，那是些小狼。有一回有人从森林里给她送来一只小狼。她收养了这只小狼。它和那些大狗们不愉快地彼此容忍着，互不干涉，彼此从不交流。每逢它在院子里行走，狗们就站立着朝它看过来，但它们不吠也不狺。若它也斜着眼向那边看过去，便总是笔直地看，几乎一点儿也不放慢和拘谨自己的脚步，不露一点儿声色。它形影不离地跟随女主人，没有爱和亲切的表示，常常用它那强健的眼睛看着她，但是那双眼睛没表示出任何意思。她喜欢这只狼，因为它的肌腱、它的棕色毛发、沉默的野性和眼睛的力量让她想到封·克滕老爷。

有一回，人们必须等候的那个时刻到了——主教一病不起，死了，教士没了首领。克滕卖掉了全部动产，抵押掉不动产，用全部资金组建了一支小小的、他自己的军队，然后进行谈判：是在未来的领袖尚不能做出决定之前不得不与一支新组建起来的武装力量继续这场旧日的争斗呢，还是找到一个廉价的解决办法。面对这一选择，教会选择了后者，没有别的办法，只好让克滕作为有威胁力的最后的强者攫取了大笔财富，而教会则从软弱可欺和胆小怕事的人身上弥补自己的损失。

结局就这样，在第四代上有了一个结局，它像一堵墙。吃早饭时你对它视而不见，这时它突然消失了。迄今为止，一切都像各代克滕人生活中的那个样子，这个克滕老爷生命中还需要做的，就是敲敲打打和修修整整，这是一个手艺人、而非老爷的目标。

骑马回家时，一只飞虫蜇了他一下。

手立刻肿了起来，他很疲倦。他到一个贫困小村庄的酒店里休息，而就在他坐在油腻腻的木头桌子后面时，他昏昏沉沉地睡了过去。他的头伏在肮脏的桌面上，傍晚醒来时，他发烧了。若有急事，他还会继续赶路，可是他不急。当他早晨想上马时，他因虚弱而跌倒了。胳臂和肩膀已经红肿了起来，他使劲将其挤进铠甲却不得不让人给自己解开带子。就在他站着让人帮忙解带子时，他发高烧打起了寒战，这情状他以前从未见过。他浑身的肌肉颤动并蹦跳得厉害，他无法把一只手挪向另一只手，解开了一半的铠甲铁件就像被扯下的檐沟在风暴中啪嗒啪嗒响。他觉得，这挺滑稽可笑的，他怒气冲冲地笑这啪嗒声，但是他像个孩子似的两腿乏力。他派一个信使去见他妻子，另派人去找一名浴疗师和一位著名的医生。

首先赶来的浴疗师开了草药热敷疗法并请求允许他做放血疗毒。克滕现在急着要回家，便同意了，很快他身上的新伤口就跟旧伤口一样多了。这种疼痛异常奇特，他无法抵御。然后他被扎上止血的草药绷带躺了两天，又让人从头到脚裹住，送回家去。这一长途跋涉耗时三天，这超常规疗法耗尽他生命的全部抵抗力，原本很可能会导致死亡，可是这一疗法却似乎制止住了病情的发展。到达目的地时，中毒者高烧不退，但已不再流脓。

这一发烧，像一大片燃着的草地，烧了好几个星期，病人一天一天地在高烧中消熔，但是毒汁似乎也在这场大火中耗尽和蒸发掉了。连著名医生对此也说不出个所以然来，只有葡萄牙女人还将神秘的符号安在门上和床上。一天，封·克滕老爷只剩下一副又软又热的遗骸模样，这时热度突然退下去一个深级，只有点儿微微低烧了。

如果说人们不加抵御的那种疼痛奇特异常，那么，病人后来的经历根本就不像一个病人的经历。他嗜睡，即便睁着眼睛时也精神恍惚；但是每逢意识恢复时，这个没有自己意愿的、儿童般暖和且虚脱无力的躯体却不听他使唤，这个由一缕气息激发的虚弱的灵魂也不属他所有。他肯定已经逝世，在整个这段时间里仅仅是在某地等候着，看他是否还得再返回一次。他从来也没有想到过，死亡居然会如此安静平和；他已经带着一部分自己的本质属性先行死去，并且如同一队漫游者般散开了；骨头架子还躺在床上，床还在，妻子向他俯下身去，而他则出于好奇，作为消遣，观察着她那专注的表情时，他所爱的一切却已经远去。封·克滕老爷及其月夜女巫已经从病人体内走了出来，渐渐离去：他还能看见他们，他知道，他几个大步就会赶上他们，只是现在他不知道，他是已经在他们身边了呢，还是仍在这里。但这一切都在一只巨大而亲切友好的手中，这只手和顺温柔得像一个摇篮，同时权衡一切利弊，却并不对做出的决定大肆宣扬。这可能是上帝吧。他不怀疑。但这也没使他激动，他等候着，也没对向他俯下身来的微笑和柔情话语做出回应。

然后这一天来临了，他突然意识到，若不提起全部精神以求活着，那么这一天便是他的末日了，而就在这一天晚上，热度消退了。

当他感觉自己正处于康复的第一阶段时，便每天让人把自己抬到一小块绿色草坪上，这绿地铺在一块岩石向前凸出的部位上，四周没围墙，跃然悬在空中。他身上缠着绷带，躺在那儿晒太阳。睡睡醒醒，不知道是睡着了还是醒着。

有一回他醒来，便看见那只狼站在身旁。他注视着那双锐利的眼睛，动弹不得。他不知道过了多少时间，后来妻子站在他身旁，膝旁是那只狼。他又闭上眼睛，仿佛方才根本就没醒。但是当他被抬回床上时，他让人把弩拿来。他身体如此虚弱，竟张不开它，他吃惊不小。他示意仆人过来，把弩给他并命令：狼。仆人犹豫，但他像个孩子那样发怒，晚上狼皮便挂在了城堡大院里。当葡萄牙女人看见这张狼皮，并且从仆人那儿获悉了发生的事情，她血管里的血凝住了。她走到他的床前。他脸色如同墙壁一般苍白地躺在床上，第一次盯住她的眼睛。她笑了笑说道，我要让人用这张皮做一顶小帽，夜里吸干你的血。

他打发了牧师，这个牧师有一回曾说，主教可以祈求上帝，这对阁下危险；后来，这牧师不断地给他做临终涂油礼。但是这件事没立即办成，葡萄牙女人进行干预，请再宽容些时日，等牧师有别的事务要办时再让他走人。封·克滕老爷让步了。他身子骨还很虚弱，总是在阳光下那块草地上睡很久。当他又一次在那儿醒来时，他一眼看见了那位青年时代的朋友。他站在葡萄牙女人身旁，从她的家乡来，在北方这儿，他看上去像她。他彬彬有礼地问好，并讲了些按他的面部表情看必定充满极度亲切友善之意的话，而克滕则像条狗那样躺在草地上，羞愧难言。

第二次的情形相仿，有时候他还没在场呢。他也是很晚才发现，他觉得他的那顶帽子变得太大了。那顶软皮帽，一直戴得有些紧绷绷的。如今稍稍一动就落下来，一直落到耳朵上，这才停止下落。他们三人在一起，他的妻子说："天哪，你的脑袋变小了！"——他的第一个想法是，他也许让人把自己的头发剪得太短了，只是这会儿他不知道，这是什么时候发生的事。他偷偷伸过手去，可是头发比预想的要长，自打他患病以来就没护理过。那么就是帽子给撑大了，他心中暗想，可是帽子几乎还是新的呀，它一直放在一只箱子里没戴，怎么会撑大呢。所以他就开了一个玩笑，自我解嘲地说，许多年里只和雇佣兵们，没跟有教养的骑士们生活在一起，他的脑壳大概因此变小了吧。他觉得，这句玩笑话脱口而出，可是问题并没有消除，因为一个脑壳能变小吗？血管里的力量会减弱，头皮下的脂肪在发烧时会略有融化：可这说明得了什么呀？！于是他时不时就假装掠平头发，也借口擦汗，或者设法悄悄朝后把身子弯进暗处，并快速用两个指头抓自己的脑壳，像是泥瓦匠两脚规测距离那样，抓了几次，用了不同的抓法。但毋庸置疑，脑袋变小了，而如果你从里面，怀着这些想法摸一摸它，它还要小得多，像两只薄薄的彼此重叠翻扣在一起的小碗。

是的，你无法解释许多事情，但是你并不将它扛在肩膀上呀；每次你一边好像在睡觉一边将脖子扭向两个正在讲话的人时，你并不总是感觉到它呀。他早已忘记这外国话了，只还懂得不多的几句话，但有一回他听懂了这句话：“想做的事，你不做；不想做的事，你倒在做。”听那语气不像开玩笑，倒更像催逼。他这话是什么意思？另一回，他将身子远远探出窗外，听河水的潺潺声，这纷乱得像乱扫成堆的干草的喧闹声堵住了耳朵，而每逢人们从耳聋状态中恢复过来，妇人和另一个人的谈话便会在耳中微弱地、远远地出现，这是一场热烈的谈话，他们的心灵似乎是相通的。第三次他压根儿只是尾随这两个人，他们晚上还到院子里去。当他们从上面露天台阶上的火炬旁边走过时，他们的影子必然会落在树冠上，就在这个瞬间，他迅速向前弯下身子，但是树叶丛中两个影子渐渐模糊起来自动并成一个。若是在任何别的时候，他都会设法带着马和仆人将毒素从自己体内驱赶出来或者借酒烧尽它。但是牧师和文书如此大吃大喝，以至于酒和菜从他们的嘴角流了出来，年轻的骑士笑着向他们挥舞酒壶，如同人们促使狗们互相撕咬一般。酒使克滕感到厌恶，披着经院哲学外衣的粗鲁人却在狂饮。他们谈论千年王国，谈论深奥的问题和秸秆褥子史，说德语和教会拉丁语。有难处时，一个旅行路过的人文主义者在他们之间做翻译；他扭伤了自己的脚，在这里进行精心治疗。“一只兔子跳过，他从马上摔了下来。”文书嘲笑说。“他以为它是一头龙形怪物呢。”封·克滕老爷用不愿意的嘲笑口吻说，他犹豫不决地站在一旁。“可是马也这样认为！”城堡牧师吼叫，

“否则马就不会这么猛跳。所以对一种马的判断力来说，硕士本人比老爷更有见识！”醉酒的人们嘲笑封·克滕老爷。后者打量他们，走近过去一步，一拳打在牧师的脸上。这是一个胖乎乎的年轻农民，他脸涨得通红，但随后面色完全苍白，坐着没动。年轻骑士微笑着站起来，找女友去了。“你为什么不刺死他？！”单独剩下他们几个时兔子人文主义者尖声说。“他跟两头公牛一样强壮。”牧师回答，在这种情况下给人以安慰，这也符合基督教的教义。但其实封·克滕老爷还很虚弱，生命力十分缓慢地返回他体内，他无法找到康复的第二阶段。

外乡人不走了，他的女游伴不怎么理解她的那位当家人的种种暗示。她等候她的丈夫等了十一年，他当了十一年之久荣誉和幻想的情人，现在他在屋子里和院子里走来走去，让疾病折磨得形容枯槁，除了年轻和骑士社会的礼仪，看上去相当普通寻常。她对此没想得太多，但是她有点儿厌倦了这个曾经让人寄予无限期望的地方，她不可能强令自己为了一张哭丧的脸的缘故就让一个有乡土气息、有让人发笑的主意的游伴走人。她没有什么好自责的，几个星期以来她一直有点儿浅薄，但是这让人感到舒坦，她觉得，自己的脸上现在有时候又像若干年前那样容光焕发了。封·克滕老爷请教了一位女预言者，她预言：你只要完成什么事，你就会恢复健康。——但是当他追问她那是什么事，她却不吭声，企图逃脱他的追问，最后才声言，她也说不清那是什么事。

适度地慢待客人他倒一直是会的，但下逐客令他不会，对于一个经年在他的敌人那儿、不请自来的客人来说，生命的以及宾客要求享受款待的权利的神圣性也不是什么不可逾越的障碍，但是康复的乏力这一回却几乎使他为行动不灵便而感到自豪；他觉得这样心怀恶意的机智并不比幼稚可笑的男孩的巧妙言辞好多少。他遇上了古怪的事情。在疾病烟雾的笼罩下，他模模糊糊觉得他妻子的神态温柔得超出了应有的度，如果说他有时比在其他情况下更强烈地重新寻获她的爱情，这曾经使他感到惊奇的话，那么现在，他却觉得她跟从前没有什么不一样，而人不在却并不是原因之所在。他简直连自己是开心还是悲伤都没法儿说，跟在那些日子里与死神亲密接触的情形一模一样。他动弹不得。他盯住他妻子的眼睛，这眼睛像是新打磨过的，他自己的图像在最上面，这双眼睛不让他的目光进入。他觉得，必须出现一个奇迹，否则什么事也不会发生。而人们不可以叫命运说话，如果命运愿意沉默的话，只能听任事态的发展。

一天，她在一伙人的陪伴下来到山上，看见山上大门外有一只小猫。它站在门外，仿佛它不愿按猫的方式越过墙头，而是要让人放它进去，它低头弯腰，表示欢迎并磨蹭对它的存在毫不感到惊奇的大个头儿生物们的衣裙和靴子。它被放进门来，但第二天，这情形像是人们收养了一个小孩，而不是一只猫：这只娇小的动物拥有特权，它不到地窖里和阁楼上去寻欢作乐，而是一刻也不离开人的左右。它挺有能耐，竟让人把时光花费在它身上，这相当令人无法理解，因为城堡里还有许多别的、更高贵的动物，而人也有许多自己要料理的事呢。这似乎完全是因为他们不得不向地面低垂眼睛，以便观看这个小生灵，它很不引人注目，比一只小猫应有的样子更安静一点儿，甚至几乎可以说更忧伤一点儿、更若有所思一点儿。如同它想必知道的那样，它按人对小猫期望的那样嬉戏，爬到膝上，甚至明显地花气力友好地对待人。但是人们能感受到，它有点儿精神涣散，这是一种一只幼年小猫不应有的状态，像一种第二本质属性，一种分支——本质属性或者一个把它罩住的神圣光环，谁也没有勇气把这说出来。葡萄牙女人温柔地朝这个小生命俯下身去，它仰卧在她的膝上，像一个孩子那样用小爪子向她那戏耍的手指摇晃，她年轻的朋友笑着弯下腰，向猫和膝头深深俯下身去。而这副消闲解闷的戏耍情景则令封·克滕老爷想起他半已克服的病，仿佛这病，连同它那死之温和，已经变为这个动物小躯体，如今这病不再仅仅在他体内，而是在他们之间。一个仆人说，猫得了疥癣。

封·克滕老爷感到惊奇，因为他自己没有看出这一情况。仆人重复说，得赶快打死它。

这时小猫已经有了一个取自一本童话书里的名字。它变得更温和、更能忍耐了。现在大家也已经能察觉到它有病，极度虚弱。它在忙碌世人的怀抱里歇息得更久，它的小爪子带着温存的恐惧抓得更紧。它现在也开始一个接着另一个地打量起来：先打量脸色苍白的克滕；接着打量那个年轻的葡萄牙男人，此人俯身向前坐着，不将目光从它身上移开，或者说不从她膝上的喘息移开。它打量他们，仿佛在请求宽恕，宽恕它秘密代表所有人所遭受的苦难将是丑陋的。随后它的苦难开始。

一天夜晚，呕吐开始，它一直呕吐到早晨，它虚弱不堪，在日光下神色迷惘，仿佛头部遭受过多次击打。但也许仅仅是大家溺爱过度，给这只快要饿死了的可怜小猫喂食得太多了吧。可吐完之后它再也不能留在卧室里了，被弄到下房仆役们那儿。两天后仆役们抱怨说，情况并没有什么好转，大概他们也每到夜晚就把它扔出去了吧。现在它不仅呕吐，而且连椅子也抓不住了，它眼前什么都晃晃悠悠。这是一场严格的考验，在一个几乎看不见的神圣光环和极度的肮脏之间，做出了——这期间人们已经了解到它是从哪儿来的——将它送回去的决定，那是下面河边的一所农民房舍，在山脚下附近。今天人们会说，他们把它放回到它的老家去，他们既不想承担什么责任，也不想使自己丢脸；但是他们都感到良心受到谴责，他们给了牛奶和一点儿肉，甚至给了钱，好让不怎么在乎肮脏的农民们好好照料它。尽管如此，仆役们还是对他们的主人们直摇头。

送小猫下去的仆人说，他往回走的时候，它跟在他后面跑，他不得已只好再次折回。两天后它又到了山上城堡里。狗们躲避它，因为仆役们不敢将它赶走，而当主人看见它时，在沉默中确定下来了，现在再也没有什么人会拒绝它死在这山上。它瘦得皮包骨，浑身没有一点儿光泽，但这令人恶心的病患它似乎已经克服，只是身体日渐消瘦。此后两天，以前发生过的情况一一加大了力度重新出现：在人们照料它的容身之处缓慢地、轻柔地走来走去；当它抓取一张人们在它面前舞动的小纸片时，那带着爪子的精神涣散的微笑；偶或因虚弱而微微一摇晃，虽然四条腿支撑着它，但第二天它仍时不时向一边摔倒。若是在一个人身上人们就不会觉得这种精力渐渐衰退有什么奇怪，而在这只动物身上这就犹如它变成人了。他们几乎怀着敬畏在一旁看着它，这三个人在各自的特殊处境中难免会想，自己的命运转移到这只已经半脱离尘世的小猫身上了。第三天，呕吐和污秽又来了。仆人站在那儿，尽管他不敢重做那件事，但是他的沉默却在说，必须打死它。葡萄牙男人像在做一次试探那样低下头，对女友说，没有别的办法；他那样子，仿佛在对自己判决死刑。大家一下子都突然看着封·克滕老爷。他的脸煞白，站起身，走了。这时葡萄牙女人对仆人说，带它到你那儿去吧。

仆人把病猫带回自己的小房间，第二天猫就不见了。没有人问。大家都知道，他把它打死了。大家无不觉得自己受到一份非言语所能描绘的罪责感的压抑——什么东西离他们而去了。只有孩子们没什么感觉，认为这事很正常，不就是仆人打死了一只脏兮兮的猫嘛，人们反正没法儿再跟它玩了。但院子里的狗们有时在一块阳光照着的草地污斑上东嗅嗅西闻闻，撑起腿，竖起身上的毛，斜眼望向一侧。在这样的一个时刻，封·克滕老爷和葡萄牙女人彼此相遇。他们在一起站住，朝狗们那边望去，没有一句话可说。征兆业已显示，可是该如何解释这征兆，该怎么办？一片寂静罩住这两个人。

如果到晚上她还没把他打发走，那我就不得不杀死他。——封·克滕老爷心中暗想。但到了晚上，什么事也不曾发生。午后点心已经吃过，克滕神情严肃地坐着，身上低烧发热。他走进院子，想凉快凉快，他长时间没回来，自己整个一生中曾经一直是轻而易举就做出的决定如今他却做不出来了。给马上鞍子，扣住铠甲，拔剑，他觉得他这种生命音乐走了调；他觉得战斗像一种既无意义又陌生的运动，连一把刀的短程也像一条漫无尽头的长街，人们在这条街上枯萎。但忍受痛苦也不是他的一贯做法，他觉得，若不从这一处境中挣脱出来，他将永远也不会完全康复。除了战斗和忍受痛苦这两样，渐渐有了某种别样的可能性可供考虑：作为小男孩，他一直曾想从城堡下面的悬崖峭壁上攀岩上去。这是一个荒唐的、无异于自杀的想法，但是一种模模糊糊的感觉在他心头油然而生，他觉得这像一个上帝的判决或者一个行将来临的奇迹。不是他，而是这只来自彼岸的小猫将会从这条路上归来，他觉得。他发出轻微笑声摇摇头，以便感觉肩膀上的这颗脑袋，但这时他清楚地看到自己已经在远处通往山下去的那条石头路上了。

他在山脚下河边拐弯，越过河水奔流其间的岩块，然后从一丛丛灌木旁边经过，进入那道峭壁。月亮用阴暗斑点刻画出一个个能让手指和足趾扣进去的小小凹处。突然脚下一块石头掉落，脚筋猛一抽动，随后心头猛一震颤。克滕仔细倾听，似乎过了很久，石头才砰然掉进河水——他一定至少已经攀到了峭壁的三分之一处了。他似乎清醒了，知道自己在干什么事了。到达下面的，只能是一个死人，而从峭壁攀登上去的，只能是魔鬼。他在自己头顶摸索搜寻。在抓摸每一把时，生命都系于十条指腱的小韧带上。汗从额头渗出，身体一阵阵发热，神经变得像石制的线。但是，他有一种感觉，他觉得，在这场与死神的格斗中，力量和健康开始流进肢体，仿佛它们正在从外面重新返回体内。不可能做到的事做到了，还得避开上面一块悬垂着向一侧伸出的石头，然后胳臂蜿蜒伸进一扇窗户。只能从这扇窗户旁边爬上去，别的途径恐怕根本行不通；但他知道自己身在何处；他一跃进入窗户，坐在窗台上并让腿垂进房间。野性伴随着力量一起回来了。他喘着气。他那把腰里挂着的短剑没有丢失。他觉得床上空荡荡的。但他等待着，一直等到心和肺完全平静下来。这时他越来越清楚地感觉到这个房间里只有他一个人。他悄悄溜到床前，今夜没有人在床上睡过。

封·克滕老爷蹑手蹑脚穿过若没人带领谁第一次来都会晕头转向的房间、过道、房门，来到他妻子的卧室门口。他倾听并等候着，但是没有什么轻声细语传出来。他溜进去，葡萄牙女人在睡梦中呼吸均匀；他弯下腰来察看黑暗的角落，摸着墙壁行走；当他又从房间里溜出来时，他差点儿没高兴得唱起来，这欢乐动摇了他的不信任。他搜遍城堡，把地板和瓷砖踩得啪嗒啪嗒响，仿佛他在寻找一个意外惊喜。一个仆人在院子里喊住他，问他是谁。他打听客人的下落。骑马走了，仆人报告说，月亮爬上来的时候走的。封·克滕老爷在一堆剥掉了一半树皮的木柴上坐下，而哨兵则惊讶不已，他居然坐了这么久。一种确信无疑的情绪将他攫住，他深信如果他现在再次走进葡萄牙女人的房间，她恐怕再也不会在那儿了。他的心怦怦直跳，他走了进去；年轻的妻子一惊坐起，仿佛她在梦中等待过这一刻似的，她见到他穿着跟离去时一样的衣服站在自己面前。什么也没被证明，什么也没被清除，但是她不问，他也没什么能问的。他拉开沉甸甸的窗帘，怒号的垂幕升起，所有克滕人在它后面生生死死。

“既然上帝能变成人，那么他也能变成猫。”葡萄牙女人说。他本该用手捂住她的嘴，因为这亵渎神灵呀，可他们知道，没有一丝响声会从这些墙壁渗透出去。

佟卡

1

一道篱笆旁边，一只鸟儿在鸣唱。太阳已消失在灌木丛后面。鸟儿沉默。夜晚降临。农家姑娘唱着歌走过田野。令人沉醉的细节！如果这些细节与一个人相联系，它们还是无关紧要的细节吗？像牛蒡[1]一样？这人就是佟卡。有时在点点滴滴中见无穷尽。

马，他拴在一棵树上的那匹红棕夹白色鬃的马，也同属于此。这是在他的服役期间。事情发生在他的服役期间并非偶然，因为在生命的这段时期中，人们被彻底剥夺了自我和自己的事业，让一种陌生的力量敲骨吸髓夺走一切。人在这个时期比在别的时候更缺少防护。

可情况真的如此吗？不，那是他后来才想明白的。这是谎

① 牛蒡，一种植物，德语中有“这两人像牛蒡那样黏在一起”的说法，即难舍难分之意。

言，他再也无法分辨。其实当初他认识她时，她住在姨妈家。表姐尤丽叶有时来做客。就是这么回事。他真感到惊异，她们竟会和尤丽叶表姐坐在一起喝咖啡，因为她是个不知羞耻的女人。谁都知道，只要能和尤丽叶表姐搭上话，当晚就能把她带到自己的房间里去：应召去拉皮条女人的寓所她也干，此外她没有别的工作。可是，另一方面，尽管人们不赞同她干的事，她毕竟是个亲戚呀；纵使她放荡轻浮，人们总不能因此拒绝她同桌就座吧，更何况她也难得来一次。一个男人兴许会大吵大嚷，因为他读报或者参加一个目标明确的组织，总是有满满一肚子的大话要说，可姨妈每次只是在尤丽叶离去后说几句刻薄话，仅此而已。而只要大家和她坐在一起，就不由自主地和她一起笑，因为她是一个风趣、诙谐的姑娘，并且几乎比任何一个女人都更了解这个城市。尽管人们看不起她的所作所为，但毕竟没有鸿沟，没有过不去的坎儿。

劳教所的女人们也证明了这一点。她们大多数也是妓女，甚至劳教所不久也不得不迁往别处，因为许多女人在服刑期内突然怀孕了——她们来自新建住宅工地，她们在工地上背灰浆，男犯人当泥瓦工。这些女人也被租用去干家务。比如，她们很会洗衣服，因为便宜所以很受小户人家欢迎。佟卡的外婆也在洗衣，让她们来干活儿，大伙儿给她们咖啡和面包，而由于和她们一起在屋里干了活儿，也就和她们一起吃早饭，并不感到害怕。中午时分必须有一个人将她们送回劳教所，这是规定。当年佟卡还是个小丫头，通常受此委托，在她们身旁边走边聊，根本不因与她们为伍而感到羞愧，虽然她们头上扎着老远就能认出来的白头巾，身上穿着灰色的囚服。可以说，在不知不觉中，一个天真无邪的灵魂受到潜移默化的影响。佟卡十六岁时，还一直毫不畏惧地跟尤丽叶表姐说笑——是否可以认为，这事是在不知羞耻为何物的情况下发生的？抑或她对羞耻的敏锐感觉已经丢失了？即使没有过错，这如何区别嘛！

这所房子不应忘记。它有五扇临街窗户——夹在高耸的新房屋之间——和一间后屋。后屋里面住着佟卡和姨妈，这位姨妈其实是比她年长许多的堂姐；还有姨妈的小儿子，他其实是个私生子，尽管出自一段她认为跟婚姻一样严肃的爱情关系；还有一个外婆，她其实并非真的是外婆，而是姨妈的姐姐；从前那里还住着她已故母亲的一个名副其实的兄长，可是此人已英年早逝。大家都挤在一个带厨房的屋子里。而前面那五扇窗户，由讲究的窗帘遮蔽着，不折不扣地藏匿了一个声名狼藉的住处，放荡的市井女人，在这里与男人相聚，以此为业。人们明知屋里有这些事情却一句话也不说，因为不想和拉皮条的女人发生口角，甚至还和她们打招呼。那是个胖女人，很想受人尊敬，有一个和佟卡年龄相同的女儿。她送女儿上一所好学校，让她学钢琴和法语，给她买漂亮衣服，小心谨慎地让她远离寓所里发生的事。她有一颗富于同情的心，这使她挣钱容易一些，因为她知道，她干的这活儿不体面。佟卡有时获准和这个女儿一块儿玩，并进入前宅，这时前宅空荡荡，特别大，给佟卡终生留下华丽和气派的印象。此外，她叫佟卡并不完全准确，她洗礼时的德国名字叫安冬妮，而佟卡则是捷克爱称佟妮卡的缩略。在这些胡同里大家讲一种奇特的两种语言混合在一起的语言。

可是想这些干什么?! 当初她站在一道篱笆旁边，站在村里第一所向着城市的房子那暗沉沉敞开着的门前，穿着系带子的靴子，红长袜，彩色、宽大、袒胸露背的衣裙，似乎边说话边望着悬挂在收割过的谷地上空的苍白月亮，敏捷俏皮而带着羞涩地做着回答，笑着，觉得自己受到月亮的保护。晚风习习吹拂过谷茬儿，仿佛这风要吹凉一碗汤。骑马回家途中，他还曾笑着对同伴，对那位当了一年男爵的摩尔丹斯基说："我还真想跟这样一个小姑娘来往，可是这太危险了。你得答应我常来我家看看，帮我消消愁解解闷哟。"在叔父的糖厂里当见习生的摩尔丹斯基当即讲了收获萝卜的事，据说有几百个这样的农家姑娘在工厂的田地上干活儿，像黑人奴隶那样对农庄管家及其助手们百依百顺。有一回他断然终止了和摩尔丹斯基的类似谈话，因为这伤害他的感情，可当初并非如此，因为方才的情形如记忆般涌现，但那不是在他头脑里长成的荆棘藤蔓。他第一次见到她，是在"环形街道"边上，在那条有石头拱廊的主街边上，军官们和政府工作人员站在拐角处，大学生们和年轻的商人在那儿信步闲逛，姑娘们在商店关门后，更好奇的女人们在午间休息时，臂挽着臂，三三两两在那儿穿行，偶尔会有一个律师缓步从人群中挤过去，打着招呼，还会有一位市议员或有声望的工厂主，甚至也不乏购物回家路过此处的贵妇人。在那里，她的目光与他的眼睛突然相遇了，一束快乐的目光，只是一瞬间，像一个球，由于疏忽而抛到一名过路人的脸上了，只一眨眼，目光又马上移开，脸上浮现出一种假装出来的毫不猜疑的神色。他迅速转过身去，因为他以为紧接着就会有哧哧的笑声了，可是佟卡直挺着脑袋行走，简直吓坏了。她和另外两个姑娘走在一起，个儿比她们高，而她的脸，说不上漂亮，显现出清晰和坚定的神情。其中不含任何矫揉造作的小市民相、狡黠的女人相。嘴巴、鼻子、眼睛，轮廓清晰，也耐看，不因别的什么，只因她的坦率和倾泻在全身的青春朝气令人着迷。真是奇特，一束如此快乐的目光竟像一支带着倒钩的箭那样命中了，而她自己似乎也因此而受伤了。

情况清楚了。当时她在布店工作，这是一家大布店，雇用许多女孩子在货仓里干活儿。她必须照管好一匹匹衣料，按要求找到所需的衣料，她两只手总是湿乎乎的，因为它们受到布匹细毛绒的刺激，这可不是说瞎话，她一脸坦然。至于布店老板的儿子们，其中一个蓄着一部像松鼠那样两端鬈曲向上的髭须，总是穿漆皮皮鞋。佟卡常说，他多么有气派，他有多少双鞋，他的裤子每天晚上都放在用沉重石头压住的两块木板之间，好让褶纹清晰。

现在，由于透过烟雾看到了一些真实情况，他母亲露出了微笑，充满对他的同情和轻蔑。这微笑是真实的。它在说：天哪，人人都知道，这家店……？！虽然他认识佟卡时，她还是个处女，这微笑，阴险地隐藏或伪装了起来，曾在许多个令人痛苦的梦中出现过。也许它从不是一个简单的微笑，这一点即使现在也不确定。还有新婚之夜，他也无法完全确定，这是所谓的生理学上的模棱两可，连大自然也不完全清楚地给出解释。而此刻，这情景又在记忆中浮现时，他知道，老天爷也在跟佟卡作对。

2

让佟卡来当他祖母的女佣，陪她说说话，他这么做过于轻率了。他还年轻，想出了一个小点子：他母亲的嫂子认识佟卡的姨妈，她到“上等人家里”做普通女缝工，他托人去问她，是否认识一个年轻姑娘，诸如此类。年轻姑娘得待在祖母身边，估计两三年内祖母就会得到解脱。除了给年轻姑娘开工资，还会在遗嘱中留有馈赠。

但是在这期间接连发生了几件小事。有一回，他和她一起出门，去办什么事。儿童在街上玩，他俩突然盯着一个哭叫的小女孩的脸，这张脸像一条蠕虫那样向四面八方蜿蜒开去，明晃晃地受到阳光的照射。这时他觉得日光无情而清晰地照耀下的这张脸，一个生如同死的譬喻，而他们就来自产生这个譬喻的周边地区。可佟卡却仅仅是“喜欢孩子”而已，她向那小女孩俯下身去逗她，安慰她，也许觉得那副样子令人发笑，仅此而已，尽管他竭力向她表明，这形象别有深意。不管他从哪个方面说起，他总是遇到她心灵中不可捉摸的部分。佟卡不笨，但不知什么东西似乎阻碍她聪明，他第一次对她产生了巨大的同情，很难说清这同情的理由。

另一次他问她："您究竟在祖母身边待了多久啦，姑娘？"听完回答，他说："是吗？很久啦，要陪这么个老太太。"

佟卡"噢"了一声，说："我喜欢陪她。"

"您尽管说实话。我无法想象，一个年轻姑娘这样怎会感到心情愉快。"

"人家干自己的活儿嘛。"佟卡回答，她脸红了。

"干自己的活儿，好啊，可是您总归也想要拥有生活中别的什么吧？"

"是的。"

"您有吗？"

"没有。"

"是的——没有，是的——没有。"他不耐烦了，"这什么意思呀？您至少骂一骂我们呀！"但他看到，她强忍着没回答，总是话到嘴边又咽了回去，他突然开始同情她，"您可能没怎么明白我的意思，姑娘，我不认为我的祖母坏，不是这么回事，她也是一个可怜的女人。但我现在不从这个角度考虑问题，我天性如此。我是从您的角度考虑，她是个大累赘。现在您明白我的意思了吗？"

"明白了，"姑娘轻声说，脸通红通红，"我早就明白您的意思了。可我不能说。”

他听后笑了。“这样的事我还从来没遇到过呢，有什么话不能说！可现在我倒想确切知道，您想回答什么，我会帮您的。”说着，他完全向她转过身去，这使她更加窘迫，“那我们就开始吧，这平静的、稳定的工作，天天一成不变地做着这工作，您真会感到愉快吗？是这样吗？”

“噢，嗯，我不知道您这话是什么意思，我很喜欢我的工作。”

“很喜欢，好啊。可是需求呢，没有吗？有些人除了每日劳作，别的什么也不想要。”

“您这是什么意思？”

“我的意思是愿望、梦想、抱负，今天这样的日子，您无动于衷吗？城里此刻是一个暖意融融、春意荡漾的日子。”

姑娘一听笑了：“不。不是这样的。”

“不是这样的？嗯，那么您也许爱好半明半暗的房间、低声的讲话、药瓶的气味以及诸如此类的东西？也有这样的人，姑娘，可我已经从您的脸上看出，我又没有说对。”

佟卡摇摇头，撇一撇嘴角——含有羞怯的嘲讽意味，或许也仅仅由于不知所措。但这时他不让她有喘息的机会：“您瞧，我错得多么离谱，我的想法全是错的，我让您见笑了。这难道还不给您勇气吗？哎！——？”

于是她终于开口。慢慢地，结结巴巴地，字斟句酌地，仿佛必须让人听懂什么很难理解的话似的：

"我总得挣点儿钱哪。"

啊，原来是这最简单不过的道理。

他是头多么文雅的驴，在这个极普通的回答中蕴含着多么冷酷的永恒真理。

还有一次他悄悄和佟卡一起散步，在这个她每月有两天的空闲日子，他们一起出去走走。那是在夏天。到了晚上，人们感觉脸和手恰如空气般温暖，而如果你在行走时闭上眼睛，会以为自己正在溶解，正在无边无际地飘移。他说给佟卡听，见她在笑，便问她，她是否听懂了。

噢，懂。

可他不信，要她用自己的话描述一番，她描述不出来。

那她就是没听懂。

啊，听懂了——突然——人们要唱歌。

别唱！唱！他们这样争来争去。最后他们唱了起来，像把物证放到桌面上或者做一次现象调查那样。唱得实在差劲，一首轻歌剧里的曲子，所幸佟卡只是低声哼哼，而他则对这一懂礼貌的小小迹象感到高兴。可以肯定，他心中暗想，她一生中只进过一次剧院，打那以后这不幸的音乐对她来说就是使生活变得美好的完美化身。可甚至这几支曲子也仅仅是她从以前的店里的几个女友那儿听来的。

她是否真的喜欢这几支曲子呢？每逢她因为随便什么事而与这家商店有关联时，他就生气。

她不知道这音乐是什么，也不知道它好听还是不好听，这音乐仅仅是唤醒了她心头的愿望，有朝一日她要自己登上剧场舞台，使出全部力量来让听众感到高兴或不高兴。如果人们这时注视善良的佟卡，看到的便完全是一副可笑的模样，而他心里老大不乐意，歌唱便迅速降低成一种哼哼。于是佟卡突然不唱了，她也似乎感觉到了，他们沉默不语地并排走了一会儿，直到佟卡站住说道："这根本不是我指的那种唱歌。"他眼神里有一种善意回应的轻微迹象，于是她再次开始低声唱了起来，但这回是她家乡的民歌。他们信步走去，这几支简单的曲子如同阳光下的白粉蝶般使人忧伤。这下子当然变成佟卡说得有理了。

这下轮到他说不清怎么回事了；而佟卡，由于她不讲一般的语言，只讲一种整体的语言，她就不得不遭罪，让人以为她蠢笨和麻木不仁。当时他心里明白这意味着什么，她想起了歌。他觉得她很寂寞。假如没有他，谁还会懂得她的心思。他俩同声歌唱。佟卡将陌生的歌词背给他听，并翻译了歌词，然后他们像孩子那样手拉着手唱。每当他们要休息一会儿喘口气时，他们前面那个暮色越过这道路的地方都会出现一小会儿的沉寂，即使这一切都很蠢笨，暮色与他们的感觉还是融为了一体。

还有一次，他们坐在一处森林边缘，他眯缝着眼，一言不发，陷于沉思之中。佟卡害怕了，担心自己是不是又伤害了他。她的呼吸多次转为急促，因为她在寻找词语，但由于胆怯而不敢说。就这样，很长时间里除了那折磨人的森林嘈杂声，什么声音也听不见，这嘈杂声此起彼伏。一只棕色蝴蝶从他们身旁飞过，落在一朵茎高高的花上，这朵花顿时一颤，不停来回晃动，又突然停住，犹如一席谈话突然中断那样。佟卡将手指牢牢压挤他们坐着的苔藓，但是过一会儿小草茎又全都立了起来，一根根一排排地；又过了一会儿，曾在那儿放过的那只手的所有痕迹全都给抹掉了。不知为什么令人想哭。假如佟卡已经学会像她的同伴那样思考，她此刻就会感觉到，大自然由纯属丑陋而不显眼的事物组成，它们像夜晚的星星那样悲伤地彼此分离地生活着。美丽的大自然。一只黄蜂绕着他的脚爬行，长着一颗像一盏灯的脑袋，他看着这只黄蜂，他看着自己的脚，这只脚，又扁又黑，斜伸进道路的棕色之中。

过去，佟卡常常担心有朝一日会有一个男人站在她面前，而她却无法躲避。她的那些年龄稍大一点儿的布店女友得意扬扬讲给她听的，是爱情的无聊、粗鲁的轻率行为，而让她感到愤怒的是，每个男人都是刚说了开头几句话，就要跟她卿卿我我。如今她望着她的同伴，心突然感到一阵刺痛；在这之前她还从未体验过与男人相伴，因为这是另一种滋味。他叉开双腿，双肘撑地向后靠着，脑袋搁在胸脯上；佟卡几乎恐惧地朝他的眼睛望去，但那儿停顿着一丝奇特的笑意。他闭上了一只眼睛，用另一只眼睛顺着他的身体向下瞄去。确定无疑，他知道自己鞋子的姿势多么难看，也许还觉得，和佟卡一起坐在森林边上多么不够意思，但他没做任何更改，每一个细节丑恶，加在一起则很可爱。佟卡悄悄直起身来，脑门儿突然一热，心怦怦直跳。她不明白，他在想什么，但她随即在他眼睛里读懂了一切，突然发现自己很想抱住他的头，遮住他的眼睛。她说："该走了，要不天就黑了。"

来到路边，他说："您一定感到无聊了吧，可是您得习惯我。"他拉住她的胳膊，因为路面已经开始有些看不清了，并为自己的沉默、继而不由自主地也为自己的想法道歉。她不明白他在说什么，但她以自己的方式猜测他的话，这些十分郑重地穿透暮霭的话。当他又要为这些话的一本正经而道歉时，她无所适从，实在不知道该如何回答，便一个劲儿将自己的胳膊更紧密地伸进他的臂弯，尽管她为此而害羞至极。

他抚摸她的手："我相信，我们相处得很好，佟卡，可是您明白我的意思吗？"

过一会儿佟卡回答："我知不知道您什么意思，这没什么关系。我反正回答不了。但是我喜欢您这么严肃认真的样子。"

这些自然都是小事情，但很奇怪，它们在佟卡的生活中出现过两次，完完全全同样的事情。实际上它们一直都存在。奇怪的是，它们后来的意思跟起初的意思相反。佟卡还是老样子，还是那么简单、透明，你简直会自以为有幻觉、见到最不可置信的事物了。

3

后来发生了一个意外，他的祖母提前死了。所谓意外无非就是指事情发生得不是时候、场合不对，人们被放在一个错误的位置上或者被忘记了，像一个谁也不拾起的物件那样无能为力。很久以后发生的事，在世界上发生千百次，可这事发生在佟卡身上，令人无法理解。

医生出现，殡仪馆工作人员到场，死亡证书开具，祖母下葬，一件件事均按规矩人家应有的做法依次办得妥妥帖帖。对遗产进行处理——人们可以为不必参与此事感到高兴——遗物处理中只有一点需要注意，赋予了佟卡姑娘一个梦幻般的姓，那些意为“他唱歌”或“他走在草地上”的捷克姓中的一个。有一份雇用合同。除了微薄的工资，每干完一年姑娘还可以从遗产中分得一定的份额，而由于人们预计老奶奶的病会拖得比较久，便依据预计的看护难度，按缓慢增长的级别规定了这笔钱的份额，这势必会使这个份额在年轻人眼里看来少得可怜，因为这名年轻人是按分秒来计量佟卡牺牲掉的这数月青春的。希阿金斯和她结算时，他在场。他假装在读一本书——那是诺瓦利斯日记的断简残篇——但其实密切关注着结算这件事，当他的“叔父”说出钱数时，他感到羞愧。连这位叔父似乎也有类似的感觉，因为他开始给这位姑娘详细解释当初签订的合同的各项规定。佟卡姑娘紧闭嘴唇认真听着，她听取结算的认真劲儿，赋予她那青春朝气的脸庞以某种很动人的神采。

“算得对吗？”叔父边说边把钱搁到桌上。

她似乎一窍不通，从衣服里掏出小袋子，把纸币折叠好，塞进小袋子。但由于她将纸币折了许多次，所以不管多么少它们还是被叠成厚厚的一团，小袋子里装不下——这个变了形的小钱袋像一颗肿瘤鼓起在裙子下面的腿上。

现在姑娘还有一个问题："我什么时候得走人？"

"这个嘛，"叔父说，"恐怕还要过几天，后事才料理完，在这之前您肯定能留下；可是如果您愿意，也可以提前走，我们不再需要您了。"

"谢谢。"姑娘说罢便朝自己的小房间走去。

这时其他人分东西已经分到日常生活用品了。他们像一群狼正在吃掉一个倒毙的同伴，互相触怒，这时他问，人们该不该至少给这位只得到那么一点点钱的姑娘一件值钱的纪念品呀。

"我们打算把老奶奶的祈祷书给她。"

"嗯，是呀，可是一件什么实用的东西一定会让她更加高兴的，譬如这件怎么样？"桌上放着一个褐色毛皮领子，他将它拿了起来。

"这是给艾米的，"艾米是他的表妹，"你怎么想的，这可是貂皮啊！"

他笑了："谁说给贫穷的姑娘只可从送点儿什么精神上的礼物？你们愿意让人觉得吝啬吗？"

"这件事让我们来处理吧，"现在他的母亲说话了，她认为他说得并非全无道理，便继续说道，"你不明白，她不会吃亏的！"说着，她慷慨大方而又面带怒容地将老太太的一些手帕、衬衫和长裤给姑娘放到一边，还加上一件布料挺新的黑色连衣裙，“怎么样，这下总够了吧。这姑娘可根本没干过什么值得如此赏赐的活儿，而且她也不重感情——不管是老太太去世时，还是安葬时，她都没有掉过哪怕一滴眼泪！算了吧，别添乱啦。”

“有的人，就是不轻易哭，这不说明什么。”——儿子回嘴，倒不是因为他觉得这话多重要，而是因为他讲话的欲望受到了刺激。

“怎么……!？”母亲说，“你不觉得，现在这个场合你讲这话不合适吗？”

他受到这一斥责没吭声不是因为怕，而是因为他突然对佟卡没哭感到无比高兴。他的亲戚们七嘴八舌、你一言我一语，他察觉到，他们用这些话多么好地维护着他们的利益。他们话说得不动听，但灵巧，有勇气滔滔不绝地说，最后每个人都得到了自己想要的。口才不是一种思维的手段，而是一种资产，一件给人深刻印象的饰品。就在他站在摆着赠品的桌子前面时，他想起了这句诗：“阿波罗赠给他歌咏的才华，唱歌的甜蜜嘴巴。”他第一次发现，这确实是一件礼物。佟卡多么沉默！她既不会说话也不会哭。但某种既不能说也不被说出的东西，某种在人类中正在沉默消失的东西，是不是刻在人类历史纪念牌上的一小画？这样的行为，这样的人，这样在一个夏日之中完全孤零零坠落下来的雪片是现实还是想象，是好，是坏，还是毫无价值？人们感觉到，这些概念到了一个界限，它们在此再也找不到立足点了。他默默无言地走出去，他要告诉佟卡，他愿意关心照料她。

他见到佟卡姑娘正在收拾行李。椅子上横放着一只大纸盒子，地上立着两只。其中一只已经用细绳捆扎好，但四周摆放着的衣物另两只盒子说什么也装不下，姑娘琢磨着，不时拿出一件，随即又将它放进别处，袜子和袋布，系带的靴子和缝纫用具，她按其长度和宽度试着一一摆放，尽管她的财物很寒酸，她还是始终不能将它们码放好，因为她装行李的盒子更寒酸。

她的小房间的门敞开着，他在一旁看了一会儿，没被她发现。当她看到他时，脸红了，闪身站到敞开着的盒子前面。“您要离开我们？”他问道，为她的窘态感到高兴，“您打算干什么？”

“我去姨妈家。”

“您想待在那儿？”

佟卡姑娘耸耸肩膀：“我会想办法找点儿事干的。”

“您的姨妈不会生气吧？”

“我的收入够我过几个月的了，到时候我就会找到工作了。”

“可是您那一点点积蓄也就花光了。”

“有什么办法呢。”

“要是您没那么快找到工作呢？”

“那我就又会终日为饭碗而忙活了。”

“为饭碗？什么意思？”

“就是我挣不着什么钱。我在布店时，情况就是这样。我在那里挣得很少，可是我没办法，她从来没说过什么。发火时才会说说。”

“所以您就接受了我们的这份工作？”

“是的。”

“您知道吗，”他突然说，“您不应该回到您姨妈那儿去。您会找到活儿干的。我——我来想办法。”

她没说同意还是不同意，也没说声谢谢，但是在他离去后，她将衣物一件一件从盒子里拿出来放回原处。她满脸通红，理不清一个头绪来，常常手里拿着一件东西久久地望着出神，感觉到——这是爱情。

然而，当他返回房间时，却看到诺瓦利斯的日记断篇还一直放在桌上，他对突然揽到自己身上的这份责任感到难堪。突如其来地发生了什么事，这事将规定他的生活，可这事他根本没有足够深入地思考过呀。此刻他甚至心生疑虑，因为佟卡二话没说就接受了他的提议。

但这时他想起来：“我怎么会向她提出这个建议的？”他既不知道自己怎么会提这个建议，也不知道她为什么接受这个建议。从表情上看，她和他一样一筹莫展。处境可笑至极，如同梦中在什么地方冲了上去，却找不到下去的路了。他又和佟卡谈了一次。他不愿虚伪。谈自由行动、精神、目标、虚荣心、对田园生活中闹哄哄场景的反感、所盼望的重要女性——就像一个欲念很多、阅历很少的年轻小伙子那样说话。当他看到佟卡的眼睛闪烁着悸动，他感到遗憾，怕这会反而使她伤心，便请求道：“您别误解了这些话的意思！”

“我懂这意思！”这是佟卡回答时说的唯一的一句话。

4

“她是个十分简朴的姑娘，”人们说，“布店里的。”这是什么意思？别的女人也愚昧无知，没学过什么知识。这是要将什么东西别在衣服后面，一个标记，你无法将这个标记去除掉。一个人必须学过点儿什么，必须有基本准则，必须有社会规范，就是说，必须受到约束；否则他不可信赖。那么有这些品性，依然不可信赖的人，他们是怎样的呢？他承认：他母亲担心在他身上看到她自己碌碌无为一生的翻版；她挑选时没有足够的自尊心；她的丈夫从前是个军官，一个无足轻重的快乐男人，这就是他父亲；她要在儿子身上更正她自己的人生。她为此而奋斗。他打心眼儿里赞同她的自尊心。母亲为何不能感动他？

她的本性就是责任，他父亲病倒了，她的婚姻才有了内涵。从此以后她担任着某种士兵式的职务，当一个卫兵，守护在慢慢变痴呆的丈夫身边，在她的岗位上抵御着优势对手。到那时为止，她与希阿金斯叔叔的关系既没进展也没倒退。他并非真是个亲戚，而是双亲的一个朋友，孩子们一睁开眼睛就会看到的那类叔叔中的一个；主任财政参议，还是一个拥有广大读者的业余德语作家，他的小说发行量很高。他给母亲送来了精神和见多识广的气息，宽慰她那贫乏的心灵。他广读史书，所以他的思想就具有了越空乏越显得重要的特点，这是由于它们跨越几千年时空并涉及最重大的问题。由于年轻人永远弄不明白的原因，这个男人多年来一直对其母亲怀有一种持久的、无私的欣赏爱慕之意。大概是因为她作为军官的女儿受到荣誉观、性格观的浸润，并且强烈地散发着这种气息，于是拥有了那种维护原则的坚定性，这是他为创作自己理想中的完美作品所需要的，然而他也隐约感觉到，自己的流利谈吐和叙述才能恰恰缘于自己的精神缺乏这种坚定性。他自然不承认这是自己的缺陷，因此就必须将其放大，使之带有一般性，具有人世的普遍痛苦，进而承认渊博才智命该如此，需要得到外来的坚强勇气的补充，于是女方精神上的痛苦也随之提升。他们小心翼翼地掩饰他们的关系，也将其装扮成精神友谊欺骗自己，但这样的做法并非总是成功，有时他们对希阿金斯性格上的弱点感到十分惊骇，那使他们陷入危险境地并让他们感到没把握，不知道他们是否会坠落，还是会坚强地向上攀登至旧有的高处。丈夫患病时，他们的心灵获得了一个支撑物，他们抓住这个支撑物时，就成长了一厘米，这正是有时短缺的那一厘米。从此，妻子得到了义务的保护，用日益增加的义务弥补在情感上犯下的罪过，而一个起决定性作用的简单规则使思维不再在激情和忠诚之间摇摆。

如此说来，可信赖的人就是这个形象，它们通过精神和性格显示出来。尽管在希阿金斯的小说中还会出现许多一见钟情的爱情故事，可是某人，不假思索就追随一个人——像一头知道哪里可以喝水哪里不可以喝水的动物——他们会觉得此人是一个处在野蛮的、无道德的原始状态的人。儿子同情像动物般善良的父亲，在家庭生活的方方面面像跟精神鼠疫作斗争那样跟希阿金斯和母亲作斗争，几乎与这两人水火不容。他多才多艺，攻读化学，对所有不能解决的问题装聋作哑，极其厌恶相关的讨论，是个冷静的、单调而又奇异的、蓄势待发的新工程师精神的狂热信徒。他赞成破坏情感，反对诗歌、善良、德行、纯朴；鸣禽需要栖息的树枝，树枝需要树，树需要褐土，可他在飞翔，悬在时代之间的空中。在这个破坏和建设一样多的时代之后，一个我们以满腔热情盼望的新时代将会来临，那时人们才会知道，应该如何去感受——他大致就是这样想的：在这期间要像做一次远征那样冷酷和节俭。有了这样的推动力，他不可避免地在上学时就引起了老师们的注意，他号准了新发明创造的脉搏，要在获得博士学位之后再深造一两年，希望能锐不可当地在那个辉煌的地平线上升起，那地平线在年轻人的心目中是混合着光辉和不确定性的未来。他爱佟卡，又不爱她，因为她不像激荡的浪涛冲刷他的心灵，而只像一泓清水将其洗濯，他的爱比自己认为的更深切。而他的母亲，预感到一种危险，又无法质疑这一危险，因为她心神不宁；他这位母亲有时用锐利的尖儿摸索着刺探，促使他加快行动。考试一结束，他就离开了家。

5

人生的道路引导他来到一座德国大都市。他把佟卡带来了。假如将她留在她姨妈和他母亲的城市里，他会觉得，仿佛将她出卖给了敌人。佟卡整理好行装，离开了自己的家乡，那样无动于衷，那样理所应当，犹如风追随太阳、雨伴着风。

她在新城里找到一份工作，受雇于一家商店。她很快熟悉了新工作并天天为此受到称赞。可她为什么拿一份较低的工资，从不要求加薪？虽然人们之所以不给她加薪，仅仅是因为不加也可以过得去。她需要什么，就会毫不犹豫地接受她朋友的帮助。他有时也提出反对意见，不是因为她老来拿东西，而是因为他觉得她的谦逊不对头，他是为了让她变聪明些。“为什么你不要求更高的报酬?!”

“我不好意思。”

“你不好意思，可你却说，哪儿出了什么问题你都得去帮忙？”

“是的。”

“嗯，那为什么……？”

进行这样的谈话时佟卡一脸倔强的表情。她不反驳，但也不喜欢多加考虑。“请进，”他可能会说，“这是一个矛盾，请讲，现在你必须给我解释，为什么……”无济于事，“佟卡，如果你这样，我会生气的！”

只有当他这样挥起了鞭子，谦逊、执拗的小驴车才缓缓动起来并抖搂出来点儿什么。譬如当初，她字迹不流畅，也怕正字法，出于虚荣心她一直对他隐瞒这一情况，致使那张可爱的嘴巴竟害怕得猛一抽动；当她感觉到人家对她的这个可恨的毛病并不见怪时，才隆起成一条微笑的虹。

相反，他像喜欢她干活儿时损毁了外形的手指甲那样喜欢她这些毛病。他让她去上夜校，为她在那里练成可笑的商业工整字体感到高兴。甚至她从那儿带回家来的对这样那样事情的古怪看法他也喜欢。她似乎没吃它们，就将它们含在嘴里带回家；在抗拒无价值东西上她多么无依无靠，却有意不去沾染它，其中蕴含着一种高尚、纯朴的情操。她拒绝一切哪怕经过伪装了的粗鲁、没有文化修养和不正派时表现出的那种自信是令人赞叹的，自己却说不出理由。但她同样也没有任何谋求从她的圈子进入一个更高层次的圈子的想法，她像大自然那样保持着纯洁和未经雕琢。爱这个简单的女人，根本就不是一件十分简单的事。有时她那本不该有的想法使他感到惊奇，她甚至对化学也有所了解。每当他在职业的驱使下讲述什么时，与其说是对她讲不如说是自言自语，她总是突然知道这样那样的事情。他当然在第一次发现时立刻就惊讶地问她。她母亲的兄弟是大学生，曾在妓院后面她家的小屋里住过。“现在呢？”“考完试后他就死了。”“你把这都给记住了？”“那时我还小，”佟卡说，“但只要他学了什么，我就问个不休。我一句话也听不懂，但他把问题给我写在一张纸条上了。”——仅此而已。十多年之久，这就像人们不知其名称的美丽的石头，放在了一只小箱子里！现在也是这个样子，他工作时默守在身边，对她来说是件极快乐的事。她就是自然，以自然构成精神；她不愿意变成精神，但喜欢它，说不清缘由，像与人类亲近的某一种生物。

当初他跟她的关系介于热恋和轻率之间，处在一种奇怪的紧张状态之中。其实在家乡时，他们就已经异乎寻常地相处得很好，谁也没有引诱对方。他们晚上见面，一起散步，互相讲述白天经历的不多几件事及其小小的令人不愉快之处，真是好不开心。后来他租了一个房间，仅仅出于需要，也因为在冬天你总不能接连数小时待在街上吧。在那里他们第一次接吻。有些拘谨，与其说是享受不如说是确认，佟卡则激动得嘴唇粗糙而坚硬。他们已经谈到要“海枯石烂，永不分离”。这就是说——他讲话，佟卡默默听着。既可笑且清晰，像忘不了的蠢事那样，他回忆起自己那一套套带着强烈年轻人色彩的劝导之语，说这是必然要发生的事情，因为只有如此，两个人才会真正互相敞开心扉。他们在感觉和理论之间反复摇摆。佟卡数次请求再推迟一些日子，直至他生气地问，她是否觉得这牺牲太大了。于是他们就定了个日子。

佟卡来了。身穿她那件苔绿色短上衣，头戴黑色皱褶的蓝帽子，因在晚风中快步行走脸红扑扑的。她摆好餐具，沏上茶。仅仅是为了比往常忙碌一些，她总是愣愣盯着她正在侍弄的物件。虽然他已经焦急地等候了一整天，却一脸一本正经地端坐在沙发上看她忙活。他发现，佟卡不愿想这件不可避免的事，他感到遗憾，他竟然给这件事定了一个固定的日期，像一个执法人员！他现在才想起来，他本该向她发动突袭，对她说好话获得它的！

一切欢乐都离得远远的，他不敢触摸这股凉爽清新气息，每天晚上他们见面时，这股气息就像一阵凉风扑面而来。但总得迈出这一步，他紧紧抓住这一必要性，而就在他注视着佟卡那不由自主的动作时，他觉得，自己的想法像一根绳子缠住她的踝骨，每旋转一次这根绳子就缩短一点儿。

他们没说什么话就吃完了饭，坐到一起。他试着开玩笑，佟卡试着笑。但她笑时，嘴唇绷紧了似的扭歪着嘴，突然神情又严肃了起来。

他猝不及防地说道："佟卡，你怎么想？要按原来的意思办吗？"佟卡垂下头，他觉得，有什么东西掠过她的眼睛，但她不说好，也不说我爱你。他向她俯下身，神情尴尬地悄悄对她说话："你知道吗，一开始你会觉得很不习惯，也许甚至干巴巴没诗意。你想一想，我们不可以……你知道吗，这不仅是这么……那你就闭上眼睛。好吗……？"

床铺已经搭好，佟卡向床铺走去，可突然又犹豫不决地坐到旁边的椅子上。

他喊道："……佟卡！……"她又站起来，转过脸去，开始脱自己的衣服。

一个不知感激的念头粘牢在这个甜蜜的时刻上了。

佟卡在奉送自身吗？他不曾向她许诺过爱情，她为什么不反抗这无望的处境？她默不作声，仿佛受到“主子”权势的奴役，也许她也会这样顺从另一个有坚定欲念的男人？但她一副笨拙模样，第一次一丝不挂地站在那儿，皮肤像一件太紧的衣服动人地裹住她的身体，肌肤比青年人自作聪明的思维更有人情味、更聪明。仿佛要逃避此刻跳起来的他，佟卡动作笨拙地上了床。

后来他只记得，他走过椅子时感觉到，最亲密的东西与他十分熟悉的衣服一起留在那里了。当他从一旁走过，他们见面时他总是首先感觉到的那股亲切、清新的气息便从那里向上升起，而在床上等候他的是个陌生、异样的姑娘。他又一次停住，佟卡则闭着眼睛，脑袋转向墙壁躺在床上，躺了很久很久，感到无比孤独和惊恐。当她终于感觉到他在自己身旁时，她眼里含着热泪。随后涌起新的恐惧浪潮，对她自己不知感激的惊骇，一个无意义的、求助的词儿，从一条无尽头的、孤独的通道里冲了出来，变成他的名字，然后——她就成了他的女人。他大概好不容易才弄明白，她多么令人陶醉地、多么儿童般勇敢地偷偷潜入他之中，为了占有她所欣赏的他身上的一切，她想出了多么简单的计谋：只要有一次完全属于他，就永远是他的了。

事后他根本记不得，这是怎么发生的。

6

某个独特早晨，事态急转直下。

他们已经共同生活了几个年头儿，有一天佟卡觉得自己怀孕了，这可不是一个随随便便的日子，而是上天精心挑选的一个日子：从这天往回推算，受孕时他刚好不在家。而佟卡声称在觉察自己的状况时已无法确定受孕的精准日期了。

这样的情况难免让人多想，这些想法飞快闪过头脑，然而周围没有一个人可能会与此有关。

九个星期后，命运表现出更清晰的面貌：佟卡病了。这是一种要么由胎儿、要么直接由父亲输入母亲血液中的疾病；这是一种可怕的、严重的、不知不觉地恶化的疾病，但是不管它是如何染上的，奇怪的是，在两种情况下时间都不完全对头。按常情判断，他没有病呀，要么一个神秘事件把他和佟卡纠缠住了，要么她犯下了无耻的肉欲之罪。当然也存在别的可能性——理论上的，柏拉图式的，如同人们所说——但它们的可能性几乎等于零；实际上，毫无疑问，他既不是佟卡孩子的父亲，也不是她疾病的元凶。

请稍等片刻，你们要明白，他多么难以理解这一点。你来见一位商人，不展现一个会很快刺激他贪欲的前景，而是向他发表长篇大论、大谈时事，告诉他一个富人必须做什么事，那么他就会知道，你是来偷钱的。在这一点上他绝不会搞错，虽然你也可能是来给他讲大道理的。同样，一个法官也不会因为被告声称在他那儿找到的物证是一个“陌生人”给的，就有片刻动摇。但这也有可能。经济生活建立在人们不需要考虑全部可能性的基础之上，因为最极端的可能性实际上不会出现。那理论上呢？他最初带佟卡来看的那位老医生单独留下他，耸耸肩膀说：“可能？并非绝对不可能。”——他眼里流露出善意、无可奈何的神色，似乎想说，我们不要在这件事上耽搁时间了吧，这低于常理判断所需要的概率了。学者也是人，在接受某种医学上完全不可能的东西之前，他宁可认为一个人所难免的过失是起因，在自然界中例外情况是罕见的。

接下来就是一种诉讼瘾了。他拜访了许多医生。第二个医生的结论跟第一个相同，第三个跟第二个相同。他讨价还价。他利用一个学派的医学观点反对另一个学派。医生们默默听他说，温和地微笑着，像在听一个傻瓜或不可救药的笨蛋说话。他讲话时，当然也知道，完全可以直截了当地问：处女有可能生育吗？回答只能是：这样的事还从未有过。谁也举不出哪怕一条排斥处女生育的法律条文，可是，这样的事还从未有过。他若认为有可能，那他就是一个彻头彻尾的戴绿帽子的家伙！

也许与他交谈的某个人曾直言不讳地对他说过这话，或许他自己脑海里曾闪过这个想法，反正他是有可能想到这一点的。然而，正因为你不能扣好一个将领子扣在衬衫上的纽扣，才想事先把所有可能的组合从头到尾思考一遍，幸好整个这段时期里除了他理智的可靠性，还有另一个直接的途径：佟卡的脸。庄稼地，气息流动，燕子飞翔，远处城市的塔楼，姑娘的歌唱声……远离一切真实，在一个不知道真实概念的世界里。佟卡已经近乎深刻的童话。这是涂抹圣油者的世界、处女的世界，以及本丢·彼拉多[1]的世界。而医生们说，只有得到悉心的看护和照料，佟卡才能渡过难关。

7

尽管如此，他当然还是时不时想让她坦白承认。毕竟他是男子汉而不是傻瓜。可她当时在一家讨厌的大店铺上班，这家店在一个工人住区里；她必须早晨七点到那儿，晚上不到九点半前——常常为了一位迟来的顾客送进来的几个芬尼——她不能离开店铺；她看不见太阳，晚上他们分开睡觉，没有心灵沟通的时间。发现怀孕时，他们为自己要过紧巴的苦日子而担惊受怕，他们手头很拮据；他把钱全花在研究学问上了，而挣钱他又挣不来；一个科研人员的职业生涯在初创阶段特别艰难，而他虽然还没完成目标，但离完成任务只有一步之遥，他需为这最后的冲刺竭尽自己的全部力量。佟卡过着这种没有光亮、充满忧愁的日子，渐渐枯萎了，她当然凋谢得不像某些女人那样美丽，那些女人变衰弱时还散发出醉人的芳香，她则不然，她像一棵小小的香菜那样枯萎得毫不显眼，这香菜一失去它那嫩绿就发黄，变得难看。她面颊苍白、下陷，因此鼻子特别扎眼地从脸上拱出，嘴巴显得阔

① 本丢·彼拉多（Pontius Pilatus，约死于公元39年），古罗马省长，曾审判耶稣。

大，甚至耳朵都有些歪斜；身体也消瘦下来，从前柔韧、半腴的肉体，如今显现一副土里土气骨架的模样。他，他那张受过良好教育的脸更善于抵抗忧伤，他储备的好衣服可维持很久，每逢和她一起外出，他都会察觉某些行色匆匆的路人的诧异目光。他不是没有虚荣心，他因为不能给佟卡购置漂亮衣服便对她恼火，他生气，因为他对她寒酸的样子负有责任。但说真的，要是他有这个能力，他会先送她漂亮的高级孕妇服装，再质问她的不忠。他一要佟卡坦白承认，她就否认。她不知道这是怎么回事。每当他请求看在他们昔日友情的分上不要欺骗他时，她脸上总是呈现痛苦的表情；而他一发怒，她便说，她没撒谎，这种情况下他还能干什么呢？要他打她骂她或者在她身陷可怕境地时离弃她？他不再和她一起睡。即便是动了刑，她恐怕也什么都不会承认，自从她发现他不信任自己，就没吐露过一个词儿，所以她什么也不会承认。而正是这种执拗和任性，自从他的孤独不再得到她容貌上的魅力缓解以来，才更使他备受煎熬。他必须坚韧不拔、镇静以待。

他决定向母亲请求经济援助。但他父亲长期以来一直徘徊于生死之间，一切可动用的现钱都因此受到约束；他无法检验此话的真伪，虽然他明知道，他母亲担心，随着时间的推移他有可能想娶佟卡。是的，她已经在担心，由于有佟卡夹在中间，别的婚事就都免谈了；当一切展现之时，学业、成就、父亲的病和家庭开支方面的忧虑，佟卡多少都对此负有责任。她不仅被认为是一连串不幸事件的起因，而且也被认为简直是一个预示不幸的凶兆，正常的生活秩序让她给破坏了。在信中以及在他回家探访时，一个模糊的信念得以确立，这一信念其实什么内容也没有，只是对家庭耻辱的预感，因为儿子让“这样一个姑娘”牢牢束缚住自己的手脚，年轻小伙子通常都不会陷得这么深。希阿金斯不得不提出警告，年轻人对偏见感到震惊，而希阿金斯要年轻人以自己不理智的、痛苦的经历为戒，却遭到严词拒绝。这时佟卡被称作一个“不尽责的姑娘”，她不尊重一个家庭的安宁，对她用“性感的手段”把他“迷惑住了”的笨拙影射，伴随着正派母亲们缺乏生活经验一同暴露无遗。——凡此种种，也在他现在收到的回信中流露出来，仿佛每一分钱只要是把他和佟卡联系在一起，便都服务于他的不幸。于是他下定决心再写一封信，在信中承认自己是佟卡孩子的父亲。

作为回复，他的母亲亲自到来。

她来，是为了“把关系理清楚”。

她不进他的住处，仿佛她有理由担心会在那儿遇到令人难以忍受的情况，她约他来饭店。她用责任感把一丝轻微的尴尬抖搂干净，谈到他们对他感到无比担心，谈到他父亲病势的沉重和人生受到的种种束缚。她既笨拙又狡诈地打出情感牌，但说话时的宽容语气却使听者心怀疑虑，这位听者对昭然若揭的心计感到厌烦。“因为，这件不幸事件完全可以变成一件幸事的呀，人们只会——”她说，“虚惊一场而已：只要将来不重蹈覆辙，就万事大吉！”她自称费尽口舌说动了父亲贡献出一笔钱，她像一个大善人打开话闸，说是可以用这笔钱，补偿姑娘，满足孩子的各项要求。

令她自己感到诧异的是，儿子居然心平气和地问这笔钱有多少，仔细听过后，更加心平气和地摇摇头，只说了句："这不行。"

在希望的激励下，她反驳："不行也得行！你别鬼迷心窍，许多年轻人都干过类似的蠢事，可是他们听人规劝。现在正好有个机会，可以让你得到解脱，别不知好歹错过这个机会，你对不起自己也对不起我们！"

"怎么是一个好机会？"

"当然是。姑娘会比你更懂道理，她会知道，一有了孩子，就总会解除这样的关系。"

他把回复推迟至第二天。他心里有点儿触动了。

他的母亲、面带理性微笑的医生们，去见佟卡途中地铁的顺利运行，做着坚定的、整顿混乱秩序手势的警察，隆隆作响的城市瀑布：这一切都是一码事。他站在城市底部孤独的空房间里——欲哭无泪，孤立无援。

他问佟卡，她是否会这样做。

佟卡说：是。这个"是"极其模棱两可。很讲道理，一如母亲预言的那样，但说这话时她嘴角抽动，脸上流露困惑的神色。

第二天他主动告诉母亲，说他也许根本不是佟卡孩子的父亲，说佟卡病了，但他还是宁愿认为自己有病，自己是父亲，也不愿意离弃佟卡。

面对这么多不明事理的行为，他母亲无奈地笑了笑，满怀深情地看了他一眼，走了。他知道，她现在有了十足的劲头，要去保护自己的亲骨肉免遭耻辱了，一个强敌和他结盟了。

8

佟卡终于丢了她那份工作，惴惴不安地等待这一不幸来临已经很久了。雇佟卡干活儿的那个店老板是一个矮小、难看的家伙，但身处困境时他们觉得他力量超凡。接连几个礼拜他们盘算着：他一定已经全都知道了，但他是个正人君子，不会在你有难时落井下石。后来又想，他没察觉什么；谢天谢地，他根本没有发现这一情况！但有一天佟卡被叫到账房，被直截了当问到她的健康状况。她回答不上来，眼里噙着泪水。这个明理的男人对她有难言之隐无动于衷，付给她一个月的工资并当场解雇了她。他生气极了，大发雷霆，说是现在上哪儿去找一个替代者呀，佟卡当初接受这份工作时隐瞒了自己的状况，这是欺骗。他对她说这话时，根本没让女会计出去。此后佟卡情绪低落，连他也暗暗赞赏这个貌不惊人的无名小商人，面对佟卡和她的眼泪，他的商业意志不曾片刻动摇过，一个孩子是怎样的造物，有怎样的心灵和命运，他全然不知也不问。

他们不得不在小饭馆里吃饭，花不多几千芬尼忍着肮脏和粗暴，吃一顿他难以下咽的饭菜。他接佟卡来吃饭，挺准时，恪守着义务。他身穿讲究的衣服在帮工和饭馆伙计们中间显得挺奇怪，他神情严肃，缄默不语，忠诚地守候在一位怀孕女伴身旁，不离不弃。许多讥笑的目光向他投来，有些目光赞赏，不少目光火辣辣。这是一个奇特的转变过程，他思绪混乱，深信佟卡的不忠，徜徉在大城市粗碎石般的人群中间。他还从未像现在这样强烈地感受过下层社会的生活；只要他走在街上，便总能见到吵闹的人群，如众狗奔突；每个人都满怀贪欲，成群结队，只有他无人相助，或哪怕只是对其倾诉一番；他没时间交朋友，大概对此也不感兴趣，或者对他们没有什么吸引力；他受到自己种种想法的重压，而只要世人还没有发现他们能从中获益，这就是一个危及生命的重压。他连一个可以让他寻求帮助的方向都找不到，他孤立无援。谁是佟卡？他的精神之灵？不，她完全是一个陌路人，带着她那隐藏在心头的秘密，这个已经和他如影相随的秘密！

一道带着微弱闪光的小缝开了，他的思路开始朝着这个方向运行。他在从事一项发明，这项发明最终会对众人具有重要意义。可以肯定，除了思想，还存在别的什么东西，勇气、信心和预感，它们从不给人以假想，一种健康的人生意义，这是一颗星，他追随这颗星。他在探究种种较大的可能性，总会找到正确的结论。一切都会跟通常一样，他终将发现他要寻找的事物之差异；而假如他要检查每一个可能的疑点，像他对佟卡所做的那样，那么他永远不会有什么结果。思想意味着不要思虑太多，不对创造能力的极端无限有所放弃，就搞不成什么发明创造。他生命的这一半似乎在星星下面，这颗星星是无法证明的幸福或一个秘密。另一半没被照亮。他和佟卡开始一起玩赌马彩票。他在等佟卡，半路上他们购买并刮开彩票。这是一种可怜巴巴的彩票，头奖不过几千个马克，但没关系，他可以用来打发眼前的一些日子。即使只有几百马克，他也可以用来给佟卡置几件最必需的衣服和内衣，或者把她从有损健康的阁楼中解救出来。哪怕只有几十马克，这也会是一种鼓励，他会买新的彩票。甚至他若赢了五马克，那这也会是一个吉兆，表明重新回归生活的尝试在陌生的地域是受欢迎的。

可是三张彩票全都没中奖。这彩票他当然只是买了玩的，而他在等佟卡时，心中就有一种空落落的感觉，预示着不会中奖。但十之八九他还是在希望和绝望之间摇摆过，或者他之所以摇摆，是因为即便在他这样的情况下花二十芬尼买一张无用的中奖号码单也是一种损失——他突然感觉有一股看不见的力量对他心怀恶意，感觉自己为敌意所包围。

此后他变得相当迷信，晚上去接佟卡的那个他是个迷信之人，而另一个他则像一个学者那样工作。他有两枚戒指，他通常交换着戴。两枚都很值钱，一枚贵重而古老，另一枚是他父母送的，他从来就不怎么看重。他发现，他戴这枚新戒指——这枚不过是价格贵些的平凡戒指——的日子里，比戴那枚贵重戒指更能使自己的境况免于恶化，从此他不敢再戴那枚贵重戒指，而是像给自己强加上一把枷锁似的戴另外那枚。有一次他偶然没刮胡子，他交了好运；而第二天他刮了刮胡子，虽然谨慎小心，还是发生了小小的不幸事件——只在他的处境中它们才是不幸事件，而不是滑稽可笑之事——这不幸事件惩罚了他的行为。从此他就无法下定决心动他的胡子，胡子长了，就小心翼翼地修剪成尖形，在此后的几个令人悲伤的星期里他还蓄着这部胡子。这部胡子使他的容貌走了样，他就像佟卡，越难看，越受到细心照管。也许他越是对她感到失望，就越对她体贴入微。所以尽管外表上难看，精神上这却是一部很好看的胡子。佟卡不喜欢这部胡子，不明白它是什么意思。没有她，他根本就不会知道，这部胡子有多难看，因为一个人若是没有别人充当镜子照出自己的模样，就会对自己不甚了了。其实别人不知道，或许他有时巴不得佟卡死掉，好让不堪忍受的生活有个终结，他之所以喜欢这部胡子，仅仅是因为它伪装并隐藏了一切。

9

他还一直时不时向她发动突袭，提出一个个假装无恶意的问题，希望平淡的声调能使她松懈戒备。但结果往往适得其反。“否认事实完全没有意义嘛，你还是告诉我吧，让我们彼此重新真诚相待吧，怎么会发生这样的事？”他低声问。他频频使出这种突袭的招数，但她的回答始终如一：如果你不愿意相信我，就打发我走吧。这毫无疑问是对她的孤独无援的滥用，但这同样毫无疑问也是最最真实的回答，因为她无法用医学上的或哲学上的理由来为自己辩护，就只能用自己人格的真实来担保自己言语的真实。

他陪她出门，因为他不敢让她单独外出；他不害怕什么确定的事物，但知道她独自一人在长长的、陌生的大街上，他心里忐忑不安。晚上他去什么地方接她，他们步行，在半明半暗中他们遇见一个男人，此人没打招呼，他觉得此人似乎有点儿面熟，而佟卡好像脸红了，他一下子突然回忆起来了，从前在一个什么场合他们曾和他做过伴，佟卡一脸的无辜，她的清白理当是可以确信的。与此同时，也产生了这样的信念：就是这个人！他似乎是一家出口商店的家境富裕的实习生，他们跟此人有过一面之识。又似乎是一家低级娱乐场男高音歌手，声音已大不如前，住在跟佟卡同一个女房东那儿。总有这样可笑的、往昔的身影，它们像一个捆扎好的肮脏包裹扔进记忆之中，这包裹半真半假，一旦打开却什么也没有，只留下令人痛心、无济于事的一堆尘土。

确信佟卡不忠，这带有某种梦幻的色彩。佟卡怀着她那令人感动、无言而温情的谦卑忍受这一切。可这种谦卑又能说明得了什么呢？！全力搜寻记忆，种种往事会多么模棱两可！譬如，她跑到他这儿来的简单理由，既可能无关宏旨，也可能是沉着自信。她献身于他，既可能是不想动脑子，也可能是为了无上的快乐。她若像狗那样与人亲近，那她也就可能像狗那样听从每一个主人的话！这一点他在那个初夜立刻就感受到了，那是她的初夜吗？他只注意精神上的信号了，肉体上的并不是十分显著。现在为时已晚。现在一切事物之上都弥漫着她的沉默，这既可能是无辜也可能是执拗，同样也可能是计谋、痛苦、后悔、害怕，还可能是为他感到惭愧。然而，这一切即使他再经历一遍，也无济于事。你不相信一个人，最清楚不过的忠实的迹象也会是不忠的征兆；而你若相信一个人，明摆着的不忠的证据也会变成忠实的征兆，这是一种遭误判的忠实，像一个被成年人关在门外哭泣的孩子的那份真诚。这本身没什么好解释的，一件事取决于另一件事，人们必须相信或者不相信整体，喜欢它或者认为它是欺骗。而了解佟卡，就必须以一种明确的方式回答她，大声告诉她，她是谁，她是什么人，这几乎只取决于他，而佟卡像一篇童话那样温柔而出色地陷于混乱。

他给母亲写信：她的大腿从地面到膝盖跟从膝盖到上面一样长，这双长腿能够像双胞胎那样，不知疲倦地走路；她的皮肤并不细腻，但白皙无瑕；她的双乳几乎有点儿太重，她腋下长着蓬乱的深色毛发，这在修长、白皙的身体上似乎妩媚得让人脸红；她的头发一绺绺贴着双耳垂下，有时她觉得必须去烫发，把头发蓄高；她看上去像个女佣。那肯定是她平生做过的唯一的一件坏事。

或者他如此回复母亲：在安科纳和菲乌梅之间，或者也许在米德开克和一座陌生的城市之间，有一座灯塔，它的灯光每个夜晚都呈扇形照在海面上，呈扇形，消失，再度明亮。文纳谷的草地上盛开着高山雪绒花。

这是地理学、植物学还是航海学？这是一张脸，这是某种存在的东西，它独一无二永远存在，因此仿佛不存在。这又是什么？

这些荒唐的回信他当然从未寄出。

10

有天晚上他和母亲及希阿金斯一起旅行，半夜两点左右，身心极度疲惫，身体在火车车厢里摇晃并寻找支撑，他似乎看到，他母亲靠在希阿金斯身上，一副完全心安理得的模样，而希阿金斯则抓住了她的手。最初他愤怒得双目圆睁，因为他同情他的父亲；但当他向前弯下身子，希阿金斯却已独自端坐，而他母亲已将脑袋朝一边垂下，避开了他的目光。过一会儿，他又向后靠了，于是整个事情重演。不精准的观察造成的痛苦是如此巨大，而痛苦又造成他在黑暗中的观察是如此不精准。最后他暗想，他已确信无疑，他拿定主意，要在第二天早晨质问母亲；但天亮时，决心像黑暗那样消退了。还有一回，母亲在旅途中感到不舒服，而希阿金斯，他要替母亲给父亲写信，他不乐意地问：要我写什么呀？——可就是他，每次分离都要给母亲写洋洋洒洒的长信！——争吵爆发，因为男孩火冒三丈，母亲的病情加重，似乎有危险，必须有人照顾，希阿金斯的手便总是与他的手相遇，他总推开这双手。推呀推的，直至希阿金斯几乎哀声问道：“你为什么一个劲儿地推开我呀？”他听了不禁对这声音中的不幸语气感到震惊。原来对人之所知，他知之甚少；对人之所要，他也要之甚少。

这个人们能理解。然而他坐在房间里，受到嫉妒的折磨并想到，他根本不嫉妒，那是某种冷僻的、稀奇古怪的、臆想出来的东西。这就是他这个人特有的情感。他抬头看，什么也不缺。房间的裱糊纸是绿色和灰色的。门是赤褐色的，充满寂静的反光。户枢深色，是铜制的。一张紫红丝绒椅放在房间里，有一个棕色桃花心木框架。但所有这些东西全都有点儿歪斜、向前倾斜、几乎坠落的意味，他觉得它们无穷尽、无意义。他垂下双眼，环顾四周，但垂下的不是眼睛，而是一件件器物。关于它们，对它们的信仰必定失于它们的存在。如果你不用世俗的眼光看世界，所见就会化为一个个无意义的碎片，它们像夜晚的星星那样悲伤地彼此分离。他只需望出窗外，就会看到一个官员突然挤进一辆等候的马车，从而产生某种切割的现象，令人恶心的混乱，在街上交织、并存，杂乱一团的轨迹勾画出一个个中心，每个中心皆有自愉和自信的外围，而这一切都可协助你在一个没有上下之分的世界上穿行。渴望、认识和感觉像一个线团那样缠在一起，失去线头时你才察觉到这一点，但也许你可以按不同于真实之线的方式在世界上行走？在表面的冷漠将他与一切隔开的时刻，佟卡不只是一篇童话，这时她几乎是一个使命。

他想：我要么娶佟卡为妻，要么离开她，抛弃这些念头。

但没有人会因为他既没这样做也没那样做而怪他。因为所有这些想法或印象都可能有其合理性，虽然今天谁也不怀疑，其中有一半只是臆想。所以他想到它们，可也没完全认真考虑过。有时他大概觉得自己受到考验，但每当他清醒过来，又像一个男子汉那样对自己讲话时，便不得不对自己说，这考验的核心只有一个：他是否要置他百分之九十九受了欺骗、是个傻瓜的概率于不顾，坚持相信佟卡。不过，这一令人感到羞愧的可能性已在很大程度上失去其重要意义了。

11

奇怪的是，这一时期他的科研大出成果。他完成了主要任务，不久就会有结果。已经有人找上门来。他们给他带来内心的沉着自信，即使他们谈论的是化学。他们全都相信他能成功，已经有了百分之九十九的把握了！他在工作中忘却痛苦。

但就在他巩固了中产阶层地位，进入世俗生活的成熟状态之际，他的思维，一俟他放下工作，却无法在固定的轨迹中运行。只要在他心中意识到佟卡存在，一组人物群像便开始活动，他们交替更迭，并不吐露其秘密，像天天在同一条道路上相遇的陌生人。这里有店员或男高音歌手，他曾一度对此人有过怀疑，还有所有与之相关的人。他们什么也不做，只是存在；或者即使他们做最可怕的事，他们也没多大意义；而由于他们相互重叠，所以根本没法儿引起嫉妒，而这些事件变得像极清澈的空气那样透明，变得更清澈直至变成摆脱了一切利己主义的自由和空荡，在这自由和空荡的不动穹顶下，人世生活的一个个偶然事件微不足道地演绎着。它们常常变成梦，或者原本就是梦，当工作的重压消散，他便径直向这些梦幻的苍白阴影世界的上方升去，仿佛受到了警告，说这项工作不是他本真的生活。

这些个真实的梦处在一个比他的清醒状态更深的层次，它们像形形色色的低矮小屋那样暖融融的。在这些梦境中，佟卡因在祖母的葬礼上没哭而受到严厉责备，或者是，一个丑陋的人承认是佟卡孩子的父亲，而她在质问目光的盯视下，第一次不再否认，只面带永恒的微笑一动不动地站在那儿。这发生在一间有绿色植物的房间里，有红地毯，墙壁上有蓝星星。而当他过了很久很久抬头看时，地毯变成绿色，植物长着红宝石似的大叶子，墙壁像一个人的柔嫩皮肤那样闪着黄光，佟卡像月光那样清澈蔚蓝地站在她的位置上。他几乎躲进这些宛如一桩简单幸事的梦境中，也许它们只不过是怯懦而已，它们多半只是说明，佟卡只要坦白承认，一切就都好说，他因这些梦境的频繁出现而感到十分困惑，但它们没有难以忍受的半睡半醒状态的张力，把人越来越高地向外引领。

在这些梦中佟卡总是像爱情那样伟大，不再是疲劳不堪的小个子商店女售货员，这是她，但她也随时会变成另一个样子。有时她是从未存在过的她自己的妹妹，有时她只是一种衣裙的窸窸声，是一种别样声音的抑扬顿挫，是最少见的、最令人感到意外的动作，是陌生奇遇的全部醉人的刺激——这些奇遇以一种只有在梦中才可能的方式，被她名字的温暖亲近感带至他面前，并在它们尚未达到目的、紧张情绪的那个瞬间，就已经施予他毫不费劲的、拥有旧日财富的快乐。一种表面上看来无拘无束的、尚无实质内容的好感，以及非凡的深切情意，连同这些复合意象在他心头油然而生，但是说不好，在这些梦境中的情感是要脱离佟卡呢，还是想要和她结合。每当他思考这件事，他便总是猜到，爱情的这种神秘感染力和独立性十之八九在醒着时也会呈现。并非情人是她所激起的情感的起源，而是这些情感像一盏灯那样置于她身后。但在梦中还有一道细小的裂缝，在情人的衬托下爱情在这道裂缝上显得分外清晰；而在清醒时这个裂缝弥合了，仿佛人们只不过是与本人酷似的一张张假面具，是同时出现在两场戏剧中的牺牲品，在强制下承认一个名不副实的家伙是个大好人。要他把这盏灯放到佟卡身后，这一点他做不到。

他频繁地想到马，这一定跟此事有关，具有某种特殊的含义。这也许是佟卡和没中的赌马彩票，或者那是他的童年，因为在童年的记忆里出现了棕色的和有斑点的漂亮马匹，套着沉重的钉上黄铜皮和毛皮的挽具。有时童心在他心中突然闪亮起来，对于这颗童心来说，高尚、善良和信任还不是义务，还不值得关心，它们是一座惊险和自由的魔幻园里的骑士。但这兴许只是回光返照，是伤口结痂的痒痛。因为马总是拉木材，桥在马蹄下发出一种深沉的木头响声，仆人们身穿有紫色和棕色方格花纹的短上衣，在一个大十字架前面他们全都脱下帽子，十字架上有一个白铁皮耶稣像，十字架摆放在桥中央，只有一个小男孩，冬日里在桥近旁观望，他不愿意脱下自己的帽子，因为他已经懂事，他不信神。于是他突然扣不上外衣的纽扣，怎么也扣不上。严寒冻僵了他的小手指，他用小手指抓住一个纽扣，使劲把它拽过去，但不管手指头怎么把它往扣眼里塞，纽扣总是弹回原位，令手指无可奈何、茫然不知所措。不管反复尝试多少次，事情总是以手指头陷入一片僵硬和混乱而告终。

这件往事特别频繁地浮现在他脑海里。

12

妊娠在这一个个让人疑惑不定的事态中不断发展，显示真实状况。

佟卡步履蹒跚，需要有一条胳膊来搀扶；沉甸甸的身躯，令人不解地暖暖和和的，那坐下来的样子，双腿叉开，笨拙而又动人地难看。神奇过程的种种变化均一一出现，这一过程毫不迟疑地将这个姑娘的躯体变形为种荚，改变了所有尺寸，臀部变宽变大，向下挪移，双膝失去鲜明的轮廓，脖子变得更粗壮，乳房变成牛马乳房的模样，肚子上的皮肤布满细小的红色、蓝色血管，使人对循环的血液如此贴近外界感到无比惊骇，仿佛这可能意味着死亡。新形态既残忍又宽容地聚合成一个怪物，而受到扰乱的人类尺度也在眼睛的神色中反映出来；目光有些呆滞，久久地盯住一个个物件，慢腾腾地移开。佟卡的眼睛也经常久久地盯着他。她料理他那些琐屑事务，尽心尽力伺候他，仿佛她还想最后一次向他证明，她只为他活着。她眼中没有一丁点儿对自己的丑陋和畸形表示羞惭的神色，只有用她迟钝的动作多多为他做事的愿望。

如今他们像从前那样经常待在一起。他们交谈不多，但待在彼此身旁。妊娠像钟表的指针般向前挪动，对此他们束手无策。他们本来可以打开心扉倾谈的，但时间在向前推移。他内心的那个影子人、那种不真实的东西竭力搜寻恰当话语，某种认识想要浮现，要他务必按完全不一样的价值观衡量一切。但这认识，如同一切认识，模棱两可、疑惑不定。时间在消失，时间在流逝而去，时间在丢失，墙上的钟比思想更贴近生活。这是一个小市民的房间，这里没发生什么惊天动地的大事，他们坐在这个房间里，壁钟是只圆形厨房用钟，指示做饭时间，他母亲用一封封来信炮轰他，信里的话句句有根有据，她没寄钱，而是付钱买来一个个医生的嘱咐，让这些医生来训斥他——他对此心知肚明，不再生气。有一回她甚至寄来一份新的医生声明，声明中明明白白写着，佟卡当初一定对他有过不忠行为。可是这份声明并没有在他心头敲起警钟，而仅仅使他感到一种几乎是惬意的惊异，仿佛此事与他无关。他在心里琢磨着，当初这事是怎么发生的，并感觉到：可怜的佟卡，只马虎迷惑了这么一回就遭了这么大的罪！……是的，有时他不得不小心提防，才不至于突然兴高采烈地说：佟卡，当心，我们原本忘记了的，现在我终于想起来了——当初你跟谁让我戴了绿帽子！时间就这样流逝。没什么新鲜事。不变的只有挂钟。还有旧日的亲情。

尽管他们没打开心扉倾谈过，这份亲情又带来了身体相互渴求的时刻。这时，如同老熟人久未谋面，他们不由分说走进房间。小庭院对面的窗户在阴影里暗沉沉的，人们都上班去了，院子像一口井那样暗了下来，阳光透过薄铅片似的照进屋里，凸显出每一个物件，使之发出死气沉沉的闪光。比如那本小小的旧日历，打开摆放着，仿佛佟卡刚刚翻看过，在一页纸的宽大空白处，有个红色的小叹号，像立着一个角锥体以记住一个日子那样。所有其他纸页上都记着日常琐事。写满价格、购买的物品，只有这一页除了叹号全是空白。他毫不怀疑，她要记住那一天，佟卡隐瞒了这一天发生的事，时间大致吻合，这一确切的信念像一锅沸腾的热血喷涌进脑海。但这份确信只存在于一阵突然暴发的激动情绪之中，转眼就化为乌有。若相信这个惊叹号，那么也完全可以相信奇迹嘛，而要命的恰恰是，他两者都不信。两人都惊恐地抬眼向对方望去。佟卡大概发现了他手中那页日历纸。奇异光线下，物件看上去就像它们自身的木乃伊。身体变冷，指尖冻僵，内脏像个热线团留住了全部的生命热量。医生分明警告过，若想让佟卡免遭不幸，就要精心护理好她；但此刻恰恰是医生的话最不可信。另一方面的努力也全都白费劲，或许佟卡的力量太微弱，她仍然是一个先天不足的神话。

“到我这儿来。”佟卡请求。他们忧伤而又听其自然地分担痛苦、分享温暖。

13

佟卡住进了医院，凶险的转折已经出现。他可以按时探视她。时间就这样失去了。

她离开屋子那天，他剃掉了胡子。如今他更像他自己了。

但随后他得知，同一天，她——性急地、欠考虑地，想花掉她省吃俭用攒下来的钱，生怕没机会了——匆匆拔掉了一颗臼齿，算是住院前最后的自由行动吧。她的面颊可怜兮兮地凹陷了，因为她从不愿接受帮助。于是梦愈发激烈。

梦以多种形态重复出现。一个肤色苍白、金发、不显眼的姑娘告诉他，说是他臆想中的某位新情人已离他而去，他被好奇心攫住，随口说道：“您认为，佟卡更好吗？”说罢，他摇摇头，流露出一副相当怀疑的表情，想以此挑动这姑娘对佟卡的好品德做出强有力的保证，他已经尝到她的离去给他带来的那种如释重负的甜美滋味了。但他看到的不是这个，而是他面前那张脸慢慢浮现出一丝微笑，这微笑极度缓慢地扩展开来，随后姑娘说道：“啊，她撒了弥天大谎啦。她好像很可爱，可她的话一句也信不得。她一直想当一个了不起的追求享乐的女人。”这个梦的更大痛苦不是这刀割般的微笑，而是他永远无法抗拒结尾的平庸激烈情感，因为这情感在睡眠的无知觉中犹如发自他内心一般。

所以他坐在佟卡的床前，往往沉默不语。他多么愿意像在从前的梦境里那样宽容大度呀。也许他原本可以振作起精神来的，假如他把用在搞发明上的力气花一些在佟卡身上。医生们从没发现他有什么疾病，所以一种神秘的相互关系把他和佟卡缠绕在一起，他只需相信她，他就有病了。但是，他暗想，换个场合这情况倒有可能的了——他已经习惯这样的逆向思维了——在另一个时期佟卡也许会成为一个名人，王公贵族娶这样的姑娘不会觉得有失身份。可是今天呢?！人们就得好好考虑考虑了。——他就这样坐在她床前，亲切、友善，但从不说那句话：我相信你。虽然他早就信她了。他之所以相信她，仅仅是因为这样就可以不再怀疑她、伤害她，而不是因为他想在自己的理智面前承担责任。他不这么干，这使他完好无损，站稳脚跟。

医院里的情景折磨着他。医生，检查，纪律——她被世界攫住，绑在台上。他觉得自己更想她了，她或许是某种更深处的东西，她在这个世界上遭遇了许多事。但世界上的一切也必定不再一样，他也为此而奋斗。他已有所退让，分开几天他便觉得与她隔阂了，他体验过同样的生活，再也无法天天修补它了。

由于他在佟卡的病床前不怎么说话，他就给她写信，他在信中道出许多他平时缄口不说的话语，他几乎像一个轰轰烈烈的情人那样给她写信，只不过在“我相信你！”这句话的前面打住了。

佟卡从不回信，他完全惊呆了。这时他才想起，他从未把信寄出去。它们并非一定是他的看法，无非一种状况罢了，除了写信没有别的办法可以应对现况。于是他发现，他一直还很走运，他能够表达自己的想法，而佟卡则不能。此时此刻他完全把她看清楚了。她是夏日正午孤零零坠落下来的雪花。但转眼间这再也解释不了什么了，也许她只是简简单单的一个好姑娘。时间过得太快，有一天他突然收到了可怕的通知，她将不久于人世。他没能好好照顾她，为此严厉谴责自己，由于他在佟卡面前不断自责，她给他讲了一个梦，这是她死前某个晚上做的梦——毕竟她也做梦。

我在睡梦中已经知道，她说，我快要死了，而我不知为什么很高兴。我拿着一袋樱桃，心想：啊呀，你赶快先把樱桃吃掉呀！

次日，他再也不可以见佟卡了。

14

这时他想：也许佟卡根本不像我想象的那样善良，但她善良的神秘本性恰在于此，一条狗说不定也会有的本性。

狂风般干涩呼啸的痛苦将他攫住。我再也不能给你写信啦，我再也见不到你啦，他坚强内心的每个角落都在这样呼号。但我将像可爱的天父那样与你相伴，他安慰自己，脑中一片空白。他只想大声呼喊：帮帮我，你帮帮我吧！我给你跪下！他伤心地给自己轻声诵读：你想想，一个人牵着一条狗形单影只走在星星山上，走在星星海上！——眼泪折磨着他，这眼泪变得像天球一般大，却无法从他的眼眶里流出来。

他醒着编织起佟卡的梦来。

有一回，他梦到，佟卡的全部希望已经破灭，他又突然走进去，待在其间。他身穿那件大方格棕色英国披风，他解开披风，里面是他苍白、瘦小的身躯，没穿衣服，身上有一条细长的金链条，链条上有叮当响的小垂饰。一切都明明白白，她对此深信不疑。他像佟卡曾思念他那样思念着佟卡。噢，她从不贪心！没有男人引诱过她，每当一个男人向她献殷勤，她总是有点儿笨拙和悲天悯人地指出，这样的关系有伤风化。晚上她从店里出来，脑海里总是充斥着店里的吵吵闹闹、饶有兴味或惹人心烦的事件；她耳朵里装得满满的，在她的内心，她的舌头还在继续说话；那里没有一个陌生男人的立锥之地。但她感觉到，在她内心够不着的地方，她不是商店女营业员，而是一个有地位的女人，拥有精彩的人生经历。所以，尽管有着种种区别，她也有权得到他。她对他所做的事一无所知，这与她无关，因为他归根到底是善良的，所以他属于她；因为她也善良，在某一个地方有座善良宫殿，他们要在那里共同生活，永不分离。

但善良是又什么？不作为。不存在。披风解开之时的一丝微光。时光流逝得太快。他还没站稳脚跟，还没坚定地说出“我相信你！”这个想法，他还在说：即使一切真是这样，谁又知道呢——这时佟卡死了。

15

他给了女护理员钱，她给他讲了一切。佟卡托她问候他。

这时他偶然想起了什么，似乎是一首诗，他对这首诗摇摇头，那根本不是和他一起生活过的佟卡，而是有什么东西呼喊了他。

他重复这句话，他站在街头默念。世界围绕着他。他分明意识到，他已经改变，并且还会变成另一个人，但那还是他自己，这并非佟卡的功劳。最近几周的紧张情绪，他胡思乱想的紧张情绪，不言而喻，已经消散，他精疲力竭。他站在阳光下，而她躺在地下，但总而言之，他感觉到阳光的惬意。可是当他朝四下里看去时，突然看见许多孩子中一张哭泣的脸，阳光直射这张脸，它像一条蠕虫向四面八方蜿蜒开去。他突然想起往事，在心中失声惊叫：佟卡！佟卡！他栩栩如生地感受到了她，感受到了她的全部生命。他未曾知道的一切，此刻都呈现在他眼前，让他盲目无知的障翳似乎从他眼上掉落下来。片刻之久，转瞬间他思绪如潮。此后他想起了许多事，这些事使他变得比别人更善良，因为他辉煌的人生中有一个小小的、温暖的阴影。

这再也无助于佟卡，但有助于他，即使人生苦短，让人无法听清生命中的每一声呼唤，无法找到对每一声呼唤的回应。